中国专业作家作品典藏文库

中国专业作家作品典藏文库
石钟山卷

男人没有故乡

石钟山 著

中国文史出版社

目　录

第一章

一

母亲生我那天是个早晨，太阳在教堂的顶尖上似露非露，城市的废气使整个城混混沌沌。初秋的早晨天气还不冷，深色的树叶已经开始在树上打卷，刚梦醒的人们打着哈欠，伸胳膊甩腿地在自家门口朝着大街上无目的地张望。

水泥路上一辆老式的灰色伏尔加轿车不急不慢地行驶着，绕过惠工广场，转进了一条变窄一些的砖路上，最后驶进军区总院的门廊前，“哧”的一声停下了。司机先下了车，拉开车门，车上走下来一位军人。军人四十岁左右的样子，穿一件发白的军装，领章帽徽出奇地鲜艳。军人个子不高，细长的两只眼睛没有神采地眨了眨，拧着眉头，背着手顺着台阶向住院部病房走去。

年轻的司机一弯腰从车上抱下一个三岁的小姑娘，小姑娘一下车便挣开司机的双手，一蹦一跳地朝那个军人追去。

军人推开住院部的门的时候，脚步停了一下，他在等三岁的女儿媛朝。媛朝没有看军人，闪身从军人推门的胳膊下钻了过去。住院部走廊的灯还亮着，整个走廊此时还是静静的，小姑娘停下脚，犹豫地望一眼军人问：“爸爸，妈妈在哪里呀？”

“往里走。”军人说。

“这里怎么这么暗呀？”小姑娘边走边说。

军人几步便走到了小姑娘的前头，还没到护士值班室门口，一个身着白大褂，白大褂领口露出很鲜艳的领章的女护士用很动听的声音叫了一声：“首长。”

军人“哼”了一声，点点头。护士在前面引路，她看到了三岁的小姑娘，弯腰把小姑娘抱在怀里。过了两个房间，护士推开一间病房的门，病房里有两张床，却只有一个面色苍白微闭双眼的女人躺在那里。女人睡了，军人瞅着女人眉头又拧了拧。

女护士放下怀里的小姑娘，说了声：“我把孩子抱来。”

军人没有吭声，他在那张空床上坐了下来。小姑娘跑到女人床边，伸出一双小手去拍女人的脸，边拍边喊：“妈妈——”

女人醒了，她看一眼小女孩，最后目光越过女孩的头顶望见了坐在对面床上的军人。女人笑了，转瞬间，脸上掠过一丝潮红，女人轻唤一声：“玉坤。”军人的眉头一点儿也没有舒展，他站了起来，但并没有向床边走来。

女人的眼角陡然滚出泪水来，想说什么，喉头哽哽的却什么也没说出来。小女孩伸出手去擦女人脸上的泪水，女人攥紧小女孩的手，目光仍然看着军人。

这时护士把襁褓中的婴儿抱在怀里走了进来，她把婴儿放在母亲身旁，解开襁褓，边解边说："是个男孩。"

这个时候，我赤裸地袒露在襁褓之外，我突然放声大哭。男人的眉头又皱了一下，但马上就舒展开了。"好，好！"军人说。护士马上用襁褓又把我包裹上。女孩指着襁褓中的我说："小弟弟，小弟弟。"女孩的表情惊喜不已。

那是一九五九年初秋的一天早晨。我在一家人的注视下又被护士抱到了婴儿监护室，大哭的我嗅到了女护士衣领里散发出的那种体香，我的哭声戛然而止了。

二

二十年后，当我伏在眉的背上，从昏迷中醒来的时候，记忆深处，轰然一响，瞬间的感受和二十年前的那一刹那沟通了。一股既熟悉又陌生的感觉再一次在我的灵魂里飘绕。

此时，我看清了眉那张汗湿的脸，有几缕短发黏在她汗湿的脸上，眉牙关紧咬，不停地喘着粗气，脚下错综复杂的荒草不时地纠缠着眉的双脚，山岳陡陡缓缓，杂木丛生。我想冲眉说点儿什么，我把嘴凑到了她的耳旁，这时一股钻心的疼痛使我再次昏迷过去。

昏沉中的我，嗅着二十年前那熟悉的味道，仿佛又回到了二十年前。

当十几年后，眉去澳大利亚前几天，我有幸和眉的母亲有了一次交往。眉的母亲已退休在家，从她的身上，仍能看出眉的影子。眉的母亲刚见我的那一刻愣了足足有一分钟。我看出她在掩饰着一种不安和惶惑，她背过脸去，把一头花白的头发对着我，久久，她才说：“当年你还是我接生的呢。”

我心里猛地一颤。我以前曾无数次地听眉说过她母亲是个接产护士。当最初我明白了那一刻后，我的感觉里又飘过那股熟悉的气味。

我离开眉的母亲时，看到她老人家已是满脸泪水。我想起来有一次看见眉的母亲坐在父亲的面前，也是那样的泪流满面，我恍惚间，似乎悟到了什么。

我站在母亲的房间里，看着母亲的遗像，心里滚热地叫了一声：“妈——”此时，我的泪水不知不觉已经夺眶而出了。

母亲在我的记忆里朦胧又遥远，眼前这张放大的遗像，使母亲一时间变得那样陌生。我久久地凝望着遗像，心里真切地叫了一声：母亲你好可怜。

母亲为了爱情死在了新疆石河子劳改农场，却到临死也没有得到爱情。

三

每当眉依偎在我的怀里，像只小羊似的接受我的爱抚时，我常无数次地问过她：“当年你是怎么把我从丛林里背到战地救护医院的？”每次眉都不答，温顺的眼里流露出骄傲的神采。

我知道，那眼神里不仅是骄傲，更多的是幸福，于是我就伏下身去吻那让我心动的眼睛。这时，那双眼睛就合上了，长长的睫毛似一片森林，使我一次次在森林中迷路。

我和眉相爱缘于那次丛林之行，后来我听医生告诉我，眉背着我三天三夜才从森林里走了出来，三天哪，一个弱小的女子，背着一个昏迷不醒的男人。这个故事会让所有有心肠的男人流下泪来。三天里，我几乎没感到炸伤给我带来的痛苦，在我记忆的深处涌动着的却是那股让我终生难以忘怀的体香。

后来我拥着眉嗅着眉的身体，一次次感受着那种味道时，暂时忘记了眉的痛苦和我的痛苦。现在，我思念着远在澳大利亚的眉，却被另一种罪恶折磨着了。

第二章

一

一九二三年，冬天。那一年爷爷钟楚国二十岁。

爷爷二十岁那天早晨，莫名其妙地和少爷周晓天打了一架。头天夜里下了一场雪，雪下得很大，天亮时便停了。爷爷和余钱等几个长工住在西偏房里，雪停了时，爷爷就醒了。爷爷第一个跳下炕，光着身子，哆里哆嗦地往炉子里扔了几块杂木样子。炉膛的火快熄了，只剩下星星点点的火星子在炙烤着新扔进去的杂木样子。有烟从炉膛里冒出来，爷爷佝着身子打了个挺响的喷嚏，爷爷伸手从被窝里掏出光筒棉裤，不费力气地穿在了身上，又拽出棉袄披在身上。爷爷这时腾出一只手，捏了捏余钱的鼻子，余钱睁开眼就笑了，冲爷爷说："小凤这娘儿们真害人，搞得我昨夜跑了两次马。"爷爷正在往腰上系绳子，这是东北长工最典型的打扮，他听了余钱的话，一股莫名其妙的心情让他不舒服。爷爷掀开余钱的被子，余钱顷刻赤条条地露在外面，余钱双手护住羞处，把身子弯成一只虾，惊惊乍乍地说："老钟你干啥，你这是干啥?"爷爷没有理余钱，抓过狗皮帽子戴在头上，出门时，他回头朝冒烟的炉子看了一眼。爷爷扛起一把铁锹给自己铲出一条道，这条道他一直铲到少爷周晓天的窗下。

爷爷二十岁那一年给靠山屯的周家打长工，周家是方圆百里的首富。周家不仅有地有房子，在天津卫还有一笔买卖。周家当家的周大牙隔三岔五地去天津卫照看自己的买卖，靠山屯的人都不知道周家在天津卫有什么买卖，但每年周大牙带着两个保镖，手里提着沉甸甸的皮箱从天津卫回来，就张罗着盖房子买地。周家有很多银两，白花花的银子用不完，周大牙就在自家的屋里挖了一个窖，把白花花的银子放在窖里存起来。那个窖就是爷爷和余钱两个人挖的。刚开始两个人不知挖那窖干什么，晚上周大牙的房里大门紧闭，一个个神色慌张。爷爷和余钱出于好奇，悄悄地凑过去，舔破窗纸就看见周大牙一家正把一箱箱白花花的银子往窖里藏。爷爷拉着余钱的衣角蹑手蹑脚地溜回来，余钱半天才喘过气来，嘬着牙花子说："他娘的，周家有这么多钱呀，吓死我了。"爷爷拍一拍余钱的肩说："以后我也会有钱。"那时爷爷还没有想到要当土匪。余钱想笑，但看到爷爷那双坚定的眼神便把笑憋了回去。余钱吸了口气说："钟大哥，你有钱也会埋起来吗?"爷爷说："不，我有钱就盖一个不怕冷的房子，房子里修满炉子，热乎乎地睡觉。"余钱就笑着说："老钟你就爱睡觉。"

那天早晨，爷爷怀揣着莫名其妙的心情站在少爷周晓天的房下，爷爷无法形容那天早晨的心情，但他觉得那天早晨，他的心里似压了一块冰冷的石头，让他喘不上气来。刚下完雪，天气还不是非常的寒冷，爷爷站在周晓天的房下，瞅着窗纸上贴着的双喜字，心里就别别地狂跳不止，浑身的血液欢快地在他周身上下乱窜，他嗓子眼发干，这时他感到小腹一阵压迫，尿憋得很急。他这才想起，起炕之后还没有撒一泡尿，就急慌慌地来到了少东家的房下，直到这时，他才理出莫名其妙的心情。他理顺心情之后，便不再莫名其妙了，一下子变得很有目的和执拗起来。此时，爷爷不想撒尿，他想站在少东家的房下，他手里握着铁锹，现在他几乎忘记了站在房下是为了给东家扫雪的。他站在少东家的房檐下，听到了小凤正和少爷在炕上嬉闹。小凤娇嗔地说："我不嘛，不嘛。"小凤说这话时，明显地带着天津卫的口音，那时爷爷还不知道天津卫在什么地方，他只知道天津卫一定离靠山屯很远。小凤撒娇地说这话时，爷爷同时听到周晓天火烧火燎的声音说："这样怕啥，这样比那样舒服。"那时爷爷还不懂得什么是房事，但他知道自己是一座火山，一座随时都可能爆发的火山，这座火山让二十岁的爷爷有用不完的力气。不谙房事的爷爷听到周晓天和小凤在炕上调情，浑身的血液似乎都凝住不动了，他还是第一次这么近地听到小凤的说话声。接下来，他又听到小凤一句更让他窒息的话："哎哟，慢一点儿。"接下来，爷爷就听到了一片杂乱的声音。此时，爷爷真想一铁锹砸碎窗子，让小凤暴露在他的眼前。接下来他听到了两个人纠缠在一起的沉重的呼吸和小凤娇嗔的呻吟。不谙世故的爷爷，此时也明白了，那房子里面，火炕上正在发生着什么。一股火在爷爷的胸膛里乱窜，他无处发泄，他挥起铁锹拼命地去铲地上的雪，雪在他眼前扬洒着。爷爷干得吭吭哧哧，爷爷透过扬起的雪看到余钱袖着手站在西偏房的门口冲他笑。爷爷拄着铁锹大口地喘气。屋里已没有了动静，余钱歪着膀子，袖着手吱吱嘎嘎地朝爷爷走来。这时周少爷的房门“吱”的一声推开了，周少爷清清嗓子，朝雪地上吐口痰。周少爷的一张脸很白，爷爷在周少爷的脸上看到了两排细密的牙印，爷爷在心里说，自己的嘴咬不着自己的脸。爷爷这么想的时候，周少爷说话了。周少爷披着一件狐狸皮大衣，扣子还没系完，周少爷边系扣子边说：“钟小子，干活轻着点儿，别那么撒野。”爷爷听了周少爷的话，喉头咕噜了一下，他知道周少爷比他还小一岁，周少爷十四岁就去天津卫念洋学堂，在天津卫念完洋学堂，就娶了天津卫的小凤回来在家里猫冬。他从老东家那里听说，少东家一开春就走，去天津卫，还要坐船出国。

少东家周晓天说爷爷的时候，余钱走了一半停下脚，他弯着腰在系鞋带。少东家说完这话时，看也没看爷爷一眼，踩着深深的积雪，去了茅房。爷爷这时听到小凤在哼一支歌，爷爷就想，少东家说自己时，小凤一定听到了，小凤会不会笑话自己？这么一想，他的心又开始莫名其妙地乱跳了。他心想，你不让我撒野我偏撒野！这么想完，他就弯下腰，一次次把铁锹插到雪里去，又把雪朝四面八方扬去，上茅房回来的周晓天被爷爷扬起的雪洒了一身，还有几粒顺着脖领钻到身子里，周晓天有些恼了，他顶着雪走到爷爷身后，朝正在扬洒的爷爷踢了一脚说：“让你慢点儿，你聋了?!”其实那一脚踢在爷爷的小腿上一点儿也不重，周少爷也没想真踢，意思是想提醒一下爷爷把雪扬得慢一点儿。爷爷正憋着一股火，他侧脸的时候，看到屋里走出来的小凤，小凤的两颊潮红，刚才的云雨之后痕迹还没有在她脸上褪去。小凤一件红绸子袄包裹着她结实饱满的身子，她扭着腰肢也朝茅房走去。她踩着周少爷刚踩出的脚印，身子一扭一歪，很好看。这时爷爷脑子里冒出一个坚定的想法，周少爷踢了我一脚一定让小凤看见了。爷爷这么想的时候，热血灌头，此时已经忘记了自己是个长工，他抡起铁锹朝周少爷砸去。周少爷这时已经转过身，准备往屋里走了，他没料到爷爷会用铁锹砸他。爷爷舞起铁锹时，带着一股风，那股风还旋起一缕雪雾，后来铁锹砸在周少爷的肩上，声音很闷，“噗”的一声，周少爷没有大叫，只“哼”了一声便向前扑去，最后倒在雪地上。走在半途中的小凤回过头，被眼前的一幕吓得一屁股坐在了雪地上。

爷爷望着倒在雪地上的周少爷这时才清醒过来，他傻了似的站在那里，手里还握着那一把铁锹。余钱目睹了刚才那一幕，十六岁的余钱也傻了，他不明白眼前的一切会是真的。这时余钱看见老房东的门开了，老房东周大牙推开门正朝这面张望，老房东眼神不好，一时还没看出个名堂。余钱这时跑过来，拽了拽爷爷的衣角，哭了般地说：“你还不快跑?”这时爷爷的眼珠子转了一下，吁了口气，张皇地往雪地里跑去。爷爷跑得很快，手里还提着那把铁锹。爷爷跑出了周家，他像一只没头苍蝇，朝山里撞去。那一年山里很冷。

二

父亲在老虎屯被狗咬了一口，那一口咬在小腿肚子上，父亲一声没吭。父亲清晰地听见狗的牙齿咬透陈年棉絮，又咬断肌肉纤维的断裂声。父亲转过身，举起了手里那大半个铁碗，铁碗里装着讨来的半碗黄灿灿的玉米，铁碗和玉米一起砸在狗头上。那只瘦狗哼了一声，从父亲的腿上拔出牙齿，冲父亲龇了龇牙，退后几步蹲在雪地上，仇恨地瞅着父亲瘦小的身躯。

父亲摔了讨饭碗，站在老虎屯外望着眼前白茫茫的世界，心里空落落的，无依无靠。此时父亲很冷也很饿。一大早他就跑出来讨饭了，只讨到了半碗玉米，此时那半碗玉米正黄灿灿地撒在雪地里。一股白毛风兜头刮来，父亲倒吸了一口冷气，他觉得腿肚子钻心地疼了一下。他此时非常想家。回到家里虽然也饿，但家里却能抵挡风寒，想到这，他一步步向雪地里走去。父亲趔趄着身子，那只被狗咬伤的腿不时地发出钻心的疼痛，父亲咬着干裂的下唇，一步步朝家里走去。

离老虎屯十几里外的一个三面环山的山沟里，矗着两间木刻楞，孤零零地立在山脚下的一块平地上。山坡上生着稀疏的柞木，柞木的树叶早已落光了，又被一层厚厚的大雪覆盖住，雪地里只露出青黑的柞树枝丫，清冷地在风中呜咽着。

父亲远远地就看见了爷爷，爷爷独自一人蹲在木刻楞后面的山坡上，一口口地吸烟，眼睛呆痴地望着远方。父亲一看到爷爷心里就紧了一下，沉了沉。奶奶昨天又走了，扔下爷爷和父亲。父亲一大早醒来的时候，就看见爷爷正蹲在外间的炕前一口口地吸烟，屋里烟雾弥漫，爷爷一夜之间似乎老了几岁，他红肿着眼睛狠狠地盯着眼前的一个什么地方，仿佛已经走进了另一个世界。

父亲被烟呛得咳了半晌，抓过腿下的衣服穿上，他知道，爷爷一会儿就要去寻找奶奶。奶奶每次走，爷爷总是这样，在父亲的记忆里奶奶很少和爷爷说话，倒是经常听到爷爷喋喋不休地和奶奶说话。奶奶不理爷爷，奶奶经常出走，爷爷便去找，也许一天，也许两天，爷爷总会找回奶奶。有时爷爷找不到奶奶，奶奶自己也回来，奶奶一回来就搂住父亲哭。爷爷这时就蹲在炕下，喜形于色，瞅着奶奶的脸，瓷了眼珠。奶奶经常出走，影响了爷爷的情绪，爷爷的心里一直装着奶奶，忘记了过日子，忘记了父亲。家里经常吃了上顿没下顿，父亲便靠讨饭过日子。

父亲看到爷爷蹲在山坡的雪地上愁眉不展，就知道此时奶奶一定还没有回来。父亲拐着腿走进屋里时，看到屋里的一切和他早晨走时一模一样，心里就更加空漠了一些。炕上一床被子还没有卷起，一对红布枕头散乱地扔在炕角。

父亲在屋里转了一圈，他想哭，他重新走到外间时，看到敞开的铁锅里冷冰冰的没有一丝热气，又抬眼看到灶台上木盆里还有一把高粱米，父亲咽口唾沫，他不忍心去看那一点点高粱米，他知道，奶奶回来时一定很饿，应该留给奶奶吃。父亲坐在门槛上，他很累，很无力，狗咬伤的腿发木发胀，父亲倚着门根儿毫无目的地张望着远方。这时，天地间很静。时近中午，太阳有气无力地照在雪地上，雪野里发出一片惨白的光，刺得父亲眯起了眼睛，父亲想睡一觉，可肚子里咕咕地叫着，怎么也不能让他安定下来，父亲又咽一口唾沫。

这时在父亲散淡的视线里，看到一个人一点点地向这里走近，起初那一瞬，父亲以为是奶奶，当那人又走近了一些，他才看清那人不是奶奶，而是一个男人。那男人穿了一件不知是什么皮的袄，毛在风的吹拂下，不时地摆动着，父亲没有注意这些，他被来人腰间那点红吸引住了。那是一块飘动的红绸布，红绸布在那人的腰间飘来荡去，父亲的眼皮就跳了一跳。那人喘着气，呼出的哈气顷刻变成了雾在眼前飘，父亲能听到那人踩在雪地上的“嘎嘎吱吱”的声音了。父亲仍然盯着来人腰间那块红绸布，那块红绸布在父亲的眼里太有色彩了。

来人更近了，父亲能看清来人的眉眼了。那是一位三十多岁的男人，脸上生着挺硬的胡须，父亲只看了一眼，又把目光盯在了那人的腰间，他看到了有一把枪，插在来人的腰间。父亲突然地想撒尿，父亲认识枪，他在老虎屯的赵家见到过挂在墙上的枪，那把枪把儿上也系了一块红绸布，红绸布很鲜艳，衬托得枪很旧。赵家有枪，赵家就有很多吃的，想吃什么就吃什么，父亲讨饭时经常路过赵家，他看到赵家的老小经常吃白米饭和猪肉，还有墙上那把枪。

父亲看到来人腰间那把枪心里就跳了一下，来人临进门时，停了一下脚，他朝山坡上的爷爷看了一眼，只一眼，很快又低下头瞅了一眼父亲，父亲仍盯着那枪。

“小孩儿，有吃的吗?”那人说。

父亲激灵一下醒过来，他慌忙从那人的腰间移开目光，瞅着那人张开的嘴，他看见了一排坚硬的牙齿，那牙齿在寒冷中闪着光，父亲又哆嗦了一下。那人笑了笑，伸出手在皮衣怀里掏了半晌，掏出一小块银子，递给父亲。父亲没去接那块银子，那人又笑一笑，把那块银子放到窗台上。那人探头往屋里看了看，好似叹了一口气。父亲的心里别别地跳着，他立起身，被狗咬伤的腿一阵刺痛，差点儿跌倒，那人扶了父亲一下，父亲的身子歪在那人的腰上，父亲的肩膀被那人腰间的枪硌了一下。父亲慌慌地往锅下面架柴火，火很快燃着了。父亲端过那个木盆，往那里盛了些水，最后盆里那半碗高粱米连同水一起倒在锅里。那人似乎很疲惫了，一进屋就坐在门槛上刚才父亲坐过的地方，望着父亲手忙脚乱地做着这一切。

父亲用劲地往锅底里塞着柴火，锅里发出“吱吱”的水响，父亲想到了奶奶，奶奶的米被放到了锅里，就要被这个人吃了。父亲用眼角瞥了一下窗台上的银子，就想，这人一定很有钱，有枪的人都有钱，这人一定是饿坏了才来吃高粱米。父亲又看见了那人腰间的枪，那人坐了一会儿，头一点一点地在打瞌睡，父亲看到那人的样子，想笑。

很快，锅开了。那人醒了。一股米香从锅里溢出来，父亲又咽了一下口水，那人迫不及待地掀开锅，用放在一旁的铁碗舀了半碗粥，吸溜吸溜地喝了起来，父亲又舔舔嘴唇，咽了口唾沫。

那人很快喝完了那半碗，立起身，又从锅里舀了一下，此时锅里只剩下一点儿米汤了。那人抬头看一眼父亲，笑了笑，又埋头吸溜吸溜地喝了起来，父亲想：他比我还饿。

那人喝完了粥，并没马上走，转身走进了里屋，一头倒在炕上，他倒下去时，拾过了一只红枕头放在脑下，舒服地哼了一声。父亲看到那人躺下了，拿过那人用过的碗，伸手在锅里把剩下的那点儿米汤一点点地抹进碗里，连同碗底飞快地舔干净。父亲干完这些，听见那人的鼾声，他立在里间的门框上，看到那人四仰八叉地躺在炕上已经睡着了。

父亲又看见了那人腰间的枪，他知道枪能打死人。父亲向前挪了一下脚，离那枪更近了一些。那支枪随着那人的呼吸在肚子上一起一伏。父亲想，只要伸出手就能抓住那支枪，抓住那支枪枪就是自己的了。此时父亲又想撒尿，眼前又闪过赵家墙上挂着的枪，还有那白米饭和猪肉。想到这儿，父亲又咽了口唾沫。就在这时父亲伸出了手，心已经停止了跳动。父亲抓过了那支枪，枪口冲向了那人，那人一翻身坐了起来。“吧嗒”，父亲手里的枪摔在炕上。那人抓起枪，看了看，又插在腰里，冲父亲笑了笑，父亲一时不知自己在哪里。那人利爽地跳下炕，站起身，拍了拍父亲的头。

“小孩儿，谢谢你。”那人临出门时说。

那人说完这话跨出门槛，就在这时，父亲说：“我跟你走。”

那人停下了，转过头，吃惊地盯着父亲。

父亲又说：“我要吃饭。”

那人脸上的肌肉动了一下，半晌，转过身子朝爷爷坐的地方看了一眼，迈动双脚走了。

父亲拐着腿随在那人身后。

爷爷仍坐在那儿，似乎没有看到眼前这一切，两眼仍望着远方的雪地。

三

一九六七年十月，秋天过早地来临了。那几天在我印象里是最灰暗无光的日子。枝叶和纸片一起在秋风中飘舞，人群匆匆地来，又匆匆地去了。

我家住在军区家属院一座二层小楼里，楼下是车库，还有几个房间，里面住着司机和杜阿姨，我是杜阿姨带大的。白天父母一上班，家里就剩下我和杜阿姨，杜阿姨有着我听不懂的口音，杜阿姨经常说些我听不懂的话。

十月的那几天，父亲突然不上班了，闲在家里楼上楼下咚咚地走，不时地抓起电话。父亲气冲冲地抓起电话，却小心翼翼地讲话，满脸堆着笑。每逢这时，杜阿姨就牵着我的手从二楼来到楼下她的房间里，杜阿姨把我抱在怀里，望着窗外晦暗的天空，天空中有两片枯树叶在风中飘舞。我不知家里发生了什么事，但我从大人们的眼睛里看到了那种不幸。

我自小就是个忧郁的孩子，平时很少说话。姐姐那时已经上学了，姐姐在家时，我和姐姐有许多话要说，每次放学回来，姐姐总要拿出一本本书，摆在桌子上，然后翻开书告诉我今天学了什么。那时课本上有很多图画，图画里有北京的天安门，有工厂冒烟的烟囱……我很爱看姐姐的书。姐姐要写作业了，便把不用的书塞到我怀里，让我坐在椅子上看，她便埋头写字。姐姐媛朝是我的朋友。从我记事起，很少能见到父亲的身影，他早出晚归的，每天夜深才回家，早晨我还没醒就又出门了。在我的印象里，父亲只是一个穿军装的男人，和院里那些穿军装的男人并没有什么两样。如果父亲站在一群穿军装的人中，我一定认不出哪个是自己的父亲。

父亲一下子闲在家里了，我觉得生活中突然多了一个人，一个我并不熟悉的人，我感到恐慌。

杜阿姨抱着我望窗外的时候，我感到有两滴凉凉的东西落到了我的脸上，我抬起头，望见杜阿姨哭了。杜阿姨的脸上正有两滴泪水从她那双好看的眼睛里流出来，杜阿姨的脸上已有些细碎的纹路了，那眼泪就穿过那些纹路很曲折地落下来。在我的印象里，杜阿姨这是第二次哭。

我第一次发现杜阿姨哭，是在刘叔叔看仓库的小房里。杜阿姨带我到刘叔叔这里来玩，便把我放在院里。院子里有很多汽车轮胎，那是用旧的轮胎，大部分很整齐地码着，还有几只散放着，我就玩那些轮胎。我玩够玩累了，便走进刘叔叔的小房子找杜阿姨，我就看见刘叔叔用劲地抱着杜阿姨，杜阿姨的脸贴在刘叔叔的脸上，刘叔叔背对着我，我看见杜阿姨的眼里正有两滴泪水滚落下来。那时杜阿姨闭着眼睛，浑身颤抖不止，我好像听到了杜阿姨牙齿打战的声音。我呆立在那里好半晌，杜阿姨睁开眼睛，看到了我，慌乱地推开刘叔叔，一下子抹去脸上的泪，弯腰抱起我，临出门时，回过头冲刘叔叔说了句："我回去了，你想开些。"那是我第一次见到杜阿姨哭。

杜阿姨发现了我正在恐惧地望着她，没有急于去擦眼泪，而是叹了一口气，叨咕一声："唉，都是苦命人啦！"我不明白杜阿姨为什么要说这些话。

这样没精打采的日子又持续了几天，终于有一天，妈妈也不上班了，姐姐也不上学了。家里还来了几个我不认识的人。大家坐在一起的时候，曾说到过那件事情和爷爷，我不知道眼前的一切和那件事情还有爷爷有什么关系。更多的时候一家人便都不说话，愣愣地相互瞅着。到我们家来的这些人中，有一个和母亲长得有些相像的女人，我见到那女人第一天时，母亲就抱着我让我叫她大姨，我怯怯地叫了，大姨就把我抱在怀里，叹口很长很长的气。

此时母亲把目光落在了我的身上，大姨也把目光落在了我的身上，我望一眼母亲，母亲的眼圈红了，我再望大姨，大姨的眼圈也红了。不一会儿，屋里所有女人的眼圈都红了。我抬头惘然回顾，看到了父亲，父亲苍白着脸，把头仰靠在椅子背上。这时我突然发现，父亲那身发白的军装上没有了领章和帽徽，在有领章和帽徽的地方，留下了三块深色，父亲闭着眼睛一声不吭。

这时姐姐媛朝牵着我的手，来到了她的房间里，那一年姐姐上三年级，在我的眼里，姐姐已经是个大人了。姐姐关上门，用眼睛盯着我半晌说：“小弟，姐姐走，你想不？”

“想。”我说。

这时我看见姐姐的眼圈也红了，她一把抱住我，狠狠地在我脸上亲了一下，然后放开我，又那么定定地瞅着我，最后说：“姐姐要走了。”

“去哪儿？”我不知道姐姐还要出门，在我的印象里，姐姐从来没有离开过家。

“我和爸爸妈妈一起走，你跟大姨走。”姐姐说。

“我不和大姨走，和你走。”我执拗地说。

姐姐大人似的叹口气，便哭了，哭得嘤嘤的，半晌，姐姐止住了哭，抱着我的头带着哭音说：“爸爸犯错误了，爸爸妈妈和我要去很远的地方，你小，让你跟大姨走。”

我不知道什么是犯错误，也不知道很远的地方是什么地方，但我却坚定地说：“不。”

接下来那几天，家里一切都乱了。先是翻箱倒柜，再后来把箱子柜子里的东西打成包裹，拉到车站先托运走了。

临分别前的夜里，一家人都坐在了客厅里。父亲、母亲、姐姐和大姨，还有杜阿姨抱着我。父亲一句话也不说，我看见父亲闭着眼睛，头靠在椅背上。妈妈和大姨有一句没一句地说着话，我躺在杜阿姨的怀里，眼皮很沉，姐姐媛朝拉着我的手坐在杜阿姨身旁。我看见大姨的目光一会儿望一眼姐姐，一会儿望一眼我，大姨终于说：“媛朝懂事了。”

这时我感到手背上热热潮潮的，我扭过头，看见姐姐正亲我的手背，姐姐的两眼里含着眼泪。

在很多年以后，每当我思念远方姐姐的时候，怎么也忘不掉眼前这一幕，在我的记忆里，姐姐的形象定格了。可惜，当时我还没有真切地意识到，这样一别就是十几年。

后来我朦朦胧胧地在杜阿姨怀里睡着了，模糊中我觉得母亲把我抱在怀里。夜里我几次在梦里醒来，都看见一屋子人仍那么坐着，灯光不明不暗地照着，姐姐媛朝一直抓着我的手歪靠在母亲的身上也睡着了，姐姐睡着的时候眼角上还挂着泪，梦中她仍在抽抽噎噎的。这时我就想起了姐姐白天对我说的话，我知道，姐姐和妈妈爸爸一道就要到很远的地方去了。我想到这，鼻子一酸，泪水就流了出来，我抽抽噎噎的，不知不觉又睡去了。

天亮的时候，我们一家人都去了火车站。这回是大姨抱着我，母亲领着姐姐，爸爸和杜阿姨的手里都提着东西。

后来，姐姐和爸爸妈妈一起上了一列火车。姐姐临出门时，又把我叫到了她的房间里，姐姐的房间此时已经很乱了，只有一张光板床立在房间里。姐姐打开她的书包，从里面拿出她学习的课本递给我说："弟，你喜欢的书，姐送你了。"

我接过姐姐给我的书，我知道那书里有我喜欢的天安门彩色图画。我抱着姐姐给我的书。很多年过去了，我一直保存着姐姐给我的当时编印的小学三年级课本。每当思念姐姐的时候，我都要拿出姐姐送给我印有天安门图画的书一遍遍地看，以后的很多年里，我读过很多书，但从没有读姐姐送给我的那本书那么亲切。

列车"咣"的一声开动了，这时我听见姐姐媛朝撕心裂肺地叫了一声："小弟——"母亲泪如雨下，她从车窗里伸出手似乎要把我抱住那么张了一下，终于哽咽地喊了一声我的名字："钟山——"这时我看见父亲没有朝这里看，他在望着列车那一面窗。我终于觉得一家人真的远离我去了，我"哇"的一声哭了。大姨抱着我趔趄着向前跑了两步，这时姐姐和妈妈仍在喊着我："小弟——""钟山——"

当时我没有意识到那次和母亲一别竟是永别。在我的记忆里，母亲是一张含泪苍白的面孔。

我哭着喊着，列车无情地远去了，只留下岔路口亮起的红色信号灯。

送走妈妈姐姐和爸爸，大姨抱着我上了另一列火车，我仍哭着喊着，大姨就说："钟山，别哭，咱们坐车追姐姐去。"我信了，停止了哭闹。

送我和大姨时只有杜阿姨，杜阿姨提着一个沉甸甸的包裹，挺着臃肿的身体，车上车下地递东西找座位，车要开时，杜阿姨下车了。杜阿姨望着我时，眼里含着泪，说："苦命的一家啊。"

我说："咱们一起找妈妈去。"

杜阿姨说："姨不去了，姨看家。"

列车启动了，杜阿姨臃肿的身体渐渐地在我的视线里模糊了，我看见杜阿姨在用衣角擦眼泪。

后来杜阿姨回了江西老家。

很多年以后，我才知道，我们家发生的一切变故，都缘于那次流血事件。

那次，双方打了三天三夜不可开交，死了很多人。后来我父亲负责阻止他们，但是没有成功。再后来，父亲被停职，到新疆石河子一个农场改造。

其实，后来父亲有很多次机会从新疆回来，当调查历史时，因为我爷爷有那段不清不白的历史一次次搁浅了。从那时起，我父亲便恨我爷爷，恨我爷爷不清不白的历史。

第三章

一

爷爷的老家在山东威海，那是一个习武之乡，在发扬光大民族传统武术方面有着悠久的历史。爷爷的父亲，也就是我的太爷，因家乡闹旱灾，带着爷爷逃出了山东，过山海关的时候，太爷染上了病。太爷带着病在爷爷的搀扶下继续往前赶，走了三天三夜，来到奉天郊外的一个地方，就不行了，爷爷眼睁睁看着太爷捯完最后一口气，闭上眼睛。爷爷用双手在土里扒了一个坑，便把太爷埋葬了。埋葬了太爷，爷爷又继续往前走，最后来到了大兴安岭下，爷爷举目无亲，便做了周家的长工。

冬天的那个早晨，爷爷为了在周家太太小凤面前维护一个二十岁长工的尊严，抡圆了铁锹，把周家少爷打倒在雪地里。他想，那一锹一定打死了周家少爷。欠债还债，杀人偿命，爷爷牢牢记着中国这条古训，为了保住自己的命一口气跑到了大兴安岭的山上。

大兴安岭白茫茫一片，树木繁杂，别说藏一个人，就是藏下个千军万马也不容易被人找到。爷爷跑到山脚下时，就清醒过来，他知道，无论如何也回不去周家了，附近的屯子也不会再容下一个二十岁的他了。在这种时候，只有进山了。爷爷在进山时，用提着的那把铁锹把自己的脚印铲平了。在以后的日子里，爷爷在山上过了一段近似野人的生活，那把铁锹无疑成了爷爷的重要工具，打猎、剥皮都派上了用场。当时爷爷提着那把铁锹，并没想到它会在以后的生活中派上这么大的用场，当时完全是因为紧张，忘了扔掉，于是那把铁锹就随他进了山里。

爷爷狼狈地走在荒无人烟的大兴安岭山脉上，刚开始，他有些为自己轻率的举动后悔，可他一想到小凤那双眼睛，还有那笑，他又坚定了自己的想法。

爷爷终于在一个山坳里找到了一个猎人用的窝棚。这个窝棚是春秋时节猎人狩猎时住过的，呈“大”字形，用木刻楞搭成，又用草盖着，窝棚里排着一层粗细均匀的木头，用来当床。爷爷发现了这个窝棚，无疑像遇到了救星般亲切。他三步并成两步奔过去，惊飞了一群野鸡。爷爷在窝棚里看到了猎人留下的打火石和引火的绒线。爷爷清理完窝棚，就捡来一些干树枝为自己生起了一堆轰轰烈烈的大火来。大火烤着爷爷，烤着雪地，爷爷就饿了。爷爷想到了野鸡，他提起铁锹走了出去。那时节大兴安岭的山上，野鸡很多，天冷，野鸡都挤在树丛里，树丛里浓密的树枝给野鸡们挡住了风寒，野鸡飞不起，只能在树丛里乱窜，爷爷便挥起铁锹，不费吹灰之力就拍死了几只。爷爷把野鸡们放到火上烤，不一会儿，野鸡的香味便散发了出来。爷爷吃完野鸡，躺在温暖的窝棚里，一时间心里很空，此时爷爷前所未有地开始思念起周少爷的太太小凤来。

小凤嫁给周少爷前后也不过才几个月的时间，爷爷从看到小凤的第一眼起，就知道，这辈子再也忘不下小凤了。

小凤是天津卫一个盐商的女儿，周大牙在天津卫有买卖，而且买卖做得又很红火，周少爷几岁时便被周大牙接到天津卫读私塾。那时节，周少爷每年回来一次或者两次。读完私塾的周少爷，又在天津卫读中学。天津卫开放的程度比东北早，北面就是北平，那时节已经公开鼓励男女同校了，周少爷就和小凤在同一个学校里读书。读书的少男少女在新思想、新观念的感召下，就开始偷偷地恋爱了。周少爷的一张脸长得白白净净，细长的眉毛，笑起来脸上还有两个酒窝。周大牙做着买卖，他供养着独生子周少爷念书不惜重金。周少爷穿长衫、戴瓜皮帽，那时是很风流很潇洒的。

小凤是公认的校花，小凤不梳辫子，而是齐耳短发，圆圆的白里透红的脸上，有着似用笔画出的弯弯细细的眉毛、大大含水的眼睛。说起话来笑语莺声。

一对少男少女在校园里自由地相爱了，起初小凤的父亲盐商反对这门婚事，当周少爷向盐商求婚时，遭到了拒绝，后来盐商很武断地把小凤关到了家里，小凤不从父命，毅然地从家里逃了出来，重新返回了校园。那时校园已经放假了，周少爷为了等待小凤而没有走。小凤找到周少爷时，两个人便公开在校园里同居了。他们被追到学校来的盐商抓住了，盐商非常恼火，状告了那时的教育司，学校自然不敢得罪当地这些名商富贾，他们还要靠这些人吃饭，当下便决定开除周少爷和小凤的学籍。那一年，周少爷十八岁，小凤十六岁。开除学籍也并没有能扑灭这对痴情男女的爱情之火。两个人依然常来常往，盐商后来见闹到这种程度，且自己的女儿已经和人家生米做成了熟饭，也就默认了这门亲事，但发誓自己决不和周家往来。其实当时盐商不同意这门亲事，是因为瞧不起周家发财的行业。

东北大兴安岭脚下靠山屯的人们并不知道周家在干什么买卖，周大牙每次回来也闭口不提自己的买卖。真实的情况是，周大牙在天津卫开了一家妓院，周家做的是皮肉生意。做买卖的商人中，地位低下得让人瞧不起的无疑是妓院老板，盐商出于自己的良知，才不肯答应这门亲事。

盐商拒绝和周家来往，周少爷没滋没味地在天津卫住了一段时间后，那年冬天回到了靠山屯。

周少爷领着少奶奶走进周家大院时，正在往粮仓里装粮食的我爷爷，看见了随在周少爷身后走进来的小凤。小凤穿了一件裘皮大衣，那大衣穿在小凤身上该凹的凹，该凸的凸。小凤读过书，识文断字，思想又很开放，一双顾盼流莹的眼睛望人望景的时候，很有内容，一点儿也不空荡。小凤望见了周家高高的粮仓，我爷爷当时扛了一麻袋玉米，走在颤悠悠的跳板上，正准备把一麻袋粮食倒进粮仓里。小凤看见那有二层楼房高的粮仓就惊呼一声："天哪！真高！"我爷爷被那一声惊叹震得倒吸一口气，转过身，就看见了小凤那一张仰起的脸，爷爷站在高高的跳板上，不仅看清了那画儿似的眉眼，还看清了裘皮大衣下那粉嫩丰腴的脖颈，爷爷看到这些，浑身仿佛突然被电击了一下，差点儿从高高的跳板上摔下来。

从那一刻，爷爷在心里也惊叫一声："老天爷呀！"爷爷忘不了周家少奶奶小凤了。

在以后的时间里，爷爷经常看见周少爷陪着小凤在院子里散步，踩着积雪“吱吱嘎嘎”一路轻盈地走过去。小凤很会笑，笑声也好听。小凤笑的时候，先在脸上漾起两个小小的酒窝，那酒窝似投在湖水里的第一圈涟漪，随着笑声，那涟漪一圈圈在整个周家大院里飘荡，在靠山屯里飘荡。

晚上，爷爷和余钱躺在西偏房的炕上，两个人都睡不着，都有心去听上房里周少奶奶传出来的每一丝响动。

“周家少奶奶简直不是人托生的，你看人家是咋长的！”余钱在半夜有时候自言自语地说。

爷爷望着漆黑的夜，嗓子眼一阵发干。

“咦，你说怪不，周家少奶奶上茅房用挺大的一块纸，还是红的，你说怪不？”余钱睁大眼睛，瞪着黑暗中的爷爷。

二十岁的爷爷觉得此时自己都快爆炸了。他趁余钱睡着的时候，去了一次茅房，他在月光下看见了那块小凤的月经纸，那是用稻草做的草纸，草纸中央有一朵暗红的印迹，爷爷在那一晚飞快地把那块小凤的月经纸掩在怀里，后来又放到了枕下。梦中，爷爷嗅到了一股奇异的香气。

那些日子，爷爷总觉得自己有一股无名火无处发泄。那个下雪的早晨，周少爷当着小凤的面踢了他一脚，他便再也忍不住了。

爷爷躺在猎人窝棚里思念小凤，日子转眼过去了几天。

那一天，他坐在窝棚里望着满山的雪时，看见有一个黑点正在一点点向这里靠近。爷爷一下子缩紧了身子，他无声地摸起了身边的铁锹。

二

十三岁的父亲，盯着那人腰间的那块红绸布，一拐一拐地随着那人走去。走到山脚下，父亲回了一次头，他模糊地看见爷爷仍坐在山坡上，他看不清爷爷的目光。父亲用劲地又咽了一口唾沫，一股高粱粥余香在他嘴里飘绕。

这回，他再次转回头的时候，满眼里只剩下那块火红的红绸子了。

走了一段，那人停下脚步，转过身望着父亲，父亲也停下脚步望着他。那人说："你不怕打仗?"父亲盯着那人腰间的枪，又咽口唾液，这次他觉得嘴里有些苦。父亲茫然地摇一摇头，那人向前走了两步，伸出手扶住父亲的肩头，用劲地捏了一下，父亲咧咧嘴，那人说："走吧。"父亲就随着那人一拐一拐地走了。

那人是东北自治联军的肖大队长。那一年，东北抗联被日本人打垮了，后来又整编了一支抗日的队伍，取名叫自治联军。

肖大队长的母亲死了，他回家去奔丧，回来的路上，又困又累，遇上了父亲，父亲随着他参加了自治联军。

那时父亲坚信，有一支枪就会有白米饭和猪肉吃。

肖大队长把父亲带回驻扎在山里的自治联军营地，营地是自治联军临时搭起的棚子，十几个人挤在一个棚子里睡，那棚子长长的有一溜。父亲随肖大队长来到自治联军营地，没有像预料中那样得到一把枪，而是得到了一条皮带，肖大队长让他扎上，他就扎上了。扎上皮带的父亲就是自治联军的战士了。父亲没有像那么多人挤在棚子里睡，他和肖大队长、教导员睡在一个棚子里。肖大队长和教导员向每个小队发通知，就让父亲一个棚子接一个棚子去通知。父亲成了大队部的勤务兵。

父亲没有得到枪，赤着手一趟趟地在山岭间奔跑着送通知，他那被狗咬伤的腿，肖大队长找到卫生员上了些药很快就好了。没有枪的父亲没能吃上白米饭，更没吃上猪肉，父亲就很遗憾，他发现那些有枪的人也没能吃上白米饭，但他仍坚信，只要有一支枪，白米饭迟早会吃上的。

肖大队长有时带着一群自治联军在雪岭上操练，人们趴在雪地上，怀里都端着枪。父亲就站在一旁看。一天，他忍不住趴在肖大队长身边，瞅着肖大队长长满胡子的脸说："我要有支枪。"第一遍他说的声音很小，不知是不是肖大队长没听见，肖大队长没反应，举着手里的枪瞄山坡上一棵有鸟巢的树。父亲又大声地说了一遍："我想有支枪。"这次肖大队长回过了头，站起身，父亲也站起身。肖大队长喊过一个正趴在雪地上练习射击的战士，让那战士把一支三八枪递到父亲的手里，父亲抱了一下，没抱住，枪掉在了雪地上。肖大队长笑了，那个战士也笑了。肖大队长走上前，拾起那枪，往父亲腰边一戳，枪筒高出父亲半头，肖大队长拍一拍父亲瘦弱的肩头说："你还小呢。"

父亲没能要到枪。但他仍坚信自己要有一支枪。

肖大队长三天两头要擦他那把驳壳枪，刚开始肖大队长自己擦，每次擦枪时，父亲就站在一旁看肖大队长把枪拆得七零八落，然后仔细擦好后，再重新装上。每次擦枪时，肖大队长都说："枪不擦，打不准。"几次以后，肖大队长每次摘下枪后，父亲就接过枪，很熟练地拆开，又装上，肖大队长就拍一拍父亲的肩头。

山下十几里外有一个大屯镇，那里住着日本兵。大屯镇有个伪镇长，姓刘，外号叫刘大肚子。刘大肚子给日本人干，也给自治联军干。山下大屯镇日军有什么情报都是刘大肚子提供。自治联军有什么指示也通过人送给刘大肚子。

父亲来后，和伪镇长刘大肚子联系的任务就落到父亲的身上，人们考虑到他是个孩子，没有人会注意他。

那一次，肖大队长派父亲给刘大肚子去送一封信，信藏在父亲的鞋里。

父亲来到镇政府时，看到一队日本人从镇政府里走出来。父亲的喉咙就紧了紧，他看见日本人身上都背着枪，还唱着歌，他听不懂那歌。他在镇政府门口张望几次之后，就壮起胆子往里走，没走几步，便被一个很瘦的当差的叫住，当差的骂："妈的，不看是啥地方，找死?!"父亲望那当差的一眼说："我找刘镇长，我是他堂侄。"这些话都是肖大队长教过的。那人听说是找刘镇长的，便把父亲领到一间屋子，一个大肚子五十来岁的男人坐在屋子里吸水烟，他瞄了一眼进来的父亲，父亲就说："肖堂弟让我来找你。"刘大肚子一听马上放下水烟枪，挥挥手把当差的打发走了。

父亲完成了任务，刘大肚子没让父亲马上走，让当差的领父亲去伙房吃饭。父亲那天终于吃上了白米饭，菜是猪肉炖粉条子。父亲第一次吃到白米饭，那一天他吃了很多，吃得他再也吃不下时，才放下了碗。当差的陪了他一会儿，便走了，伙房里剩下几个厨子在忙着给日本人做饭，没有人注意他。

父亲吃完饭，兴致未尽，他真不愿意离开这里，不是留恋伪政府，而是留恋那白米饭。父亲看天色尚早，想过一会儿，再吃一次白米饭再走，但他又不能待在伙房里，也不能去刘大肚子那里，他想去找个地方歇一歇。他穿过伙房来到了后院，后院有一排房子很清静，他看见一间房门半掩着，顺门缝里看过去，里面没有人，有一张宽大的床，床上花被子叠得很整齐，还有一张八仙桌。父亲就走进去，吃完饭的父亲，因为吃得过饱，浑身的血液都去消化胃肠里的食物了，走了十几里山路，此时他又困又累，又不敢躺到床上去睡，想了想钻到床下。父亲还是第一次见到床，床下也很干爽，床上的花床单正好挡住他，他只想躺一会儿，没想到却睡着了。

父亲醒来的时候，已经是夜晚了，他被一个女人的说话声吵醒。

那女人娇声娇气地说："太君，你慢一点儿。"说完划火点燃了八仙桌上的马灯。

父亲有些后悔，后悔自己一不小心睡了这么长时间，晚上的白米饭没吃上不说，还被人家关到了屋里。父亲紧张地想着这一切时，闻到了一股浓烈的酒气，灯影下，他从床单缝里看到了一双穿皮鞋的脚就站在他头顶，他的目光越过那双皮鞋，看到了一双穿绣花鞋的脚正款款地向床前走来。父亲惊出了一身冷汗，那双穿绣花鞋的脚停在床边不动了。他又听到了一个女人的说话声："太君，时间不早了，我们睡吧。"女人说完，他又听到了一个男人的嬉笑声，两人缠在了一起，然后床地动山摇地响了一声，少顷又听到那个女人妖里妖气的尖叫声："哟，太君，你的枪磕疼了我，你睡觉还背枪吗？"

枪的字眼，很快地占据了父亲的脑际。他又想到了白米饭，刘大肚子家里有枪就有白米饭吃，还有猪肉炖粉条子。这时父亲忘记了害怕，他大胆地掀开床单一角，看到了一个醉醺醺的日本军人，嘴里流着唾液，满嘴是笑地躺在床上，一个打扮得妖里妖气的年轻女人正在帮这个日本人脱衣服。父亲终于看到了那把枪，枪在父亲的头上，他心里怦怦地猛跳着。他又想到了插在肖大队长腰间系着红绸子的枪。那一次他勇敢地拔出了肖大队长的枪，可惜肖大队长醒了过来，就是不醒他也不会开枪。

他胡思乱想时，一双女人的光腿从床上走了下来，吹熄了灯。女人又走回到床边，嬉笑了一声，床“吱呀”一响，他听见那个日本人说：“哟西，哟西。”

接下来，父亲头上的床板似乎随时都要塌下来，震天动地地胡乱地响了一气，日本人哟西哟西地说着话，还有女人夸张的大叫声，这一切父亲都没留下一点儿印象，他脑子里装的全都是枪。头顶上的床在震颤的时候，父亲感觉到悬在头顶上枪套的皮带不停地晃荡。过了好久，床不动了，只剩下男人和女人的喘息声，又过了一会儿，喘息声也平息下去了。不知过了多长时间。父亲听到了鼾声，此时父亲决定下手了。他有了上次夺肖大队长枪的经验，这次就熟练得多了，他先小心地从床下爬出来，伸出手抓住了枪套上的皮带，一用劲，枪就到了手上，也就在这时，那个日本人突然醒了，他咕噜了一声什么，伸出手在床上胡乱地抓了一下，他这时似乎清醒了过来，坐起身，模糊地看见蹲在地上的父亲。父亲抓到枪后，便从枪套里利索地拿出了枪，并牢牢地握在了手里。

日本人发现了父亲，惊呼一声，赤身裸体地就从床上扑了下来，他像山一样向父亲压来，当他压住父亲时，父亲手里的枪响了，那声音很闷，就像开一瓶香槟酒，“砰”地响了一声。日本人在父亲身上动了几下，便不动了，父亲觉得身上有一股热热黏黏的东西向自己流过来。父亲在开枪时，听到床上那个女人大叫了一声，这种叫声和刚才的叫声一点儿也不一样，女人叫完之后便没有了动静。父亲见没有声音之后，用了很大力气翻掉了身上那个赤身裸体的日本人，把枪插在裤腰里，又用衣襟盖住，便仓皇地跑出了门。

父亲穿过伙房，又闻到了白米饭的香味，父亲没有停留。父亲一直向大门跑去，父亲看到大门口有一个日本兵荷枪站在那里，那个很瘦的当差的提着个灯笼正点头哈腰地冲日本人说着什么。

父亲毫不犹豫地走过去，那个日本人想拦，当差的却喊："小侄子，这么晚了你干啥去？"日本人把伸出的枪又缩了回去。两个人呆呆地望着父亲消失在黑夜里。

"一切缴获要归公。"肖大队长对父亲说。

"枪是我的。"父亲说。

肖大队长看着父亲。

"枪是我的。"父亲不看肖大队长，看手里的枪。

后来父亲知道，他打死的是一个日本小队长。

肖大队长没有收缴父亲得来的那支枪，从此父亲有了属于自己的枪。

三

到大姨家的第二年，我上了学。

学校在山梁那一边，每天上学我都要爬过这条山梁。

上学的第一天，是大姨父送我去的，大姨父一条腿跛，上山的时候，大姨父要背我，我看着他那条腿没让他背，自己走。跛腿的大姨父就在前面领路。大姨给我买了一个新书包，书包是牛粪黄色，书包还绣着几个红字——“为人民服务”，刚开始我不认识那几个字，是表哥告诉我的。表哥比我长一岁，早上一年学，表哥指着那几个字说：“这是‘为人民服务’。”我就记住了。那个书包我一直背到上完小学。表哥非常羡慕我这个新书包。表哥没有书包，他每天上学总是把书夹在胳膊下面。

大姨父这个人很老实，一天到晚也不见他说一句话，大姨不管说什么，他都说：“嗯哪。”大姨说：“钟山要去上学了，第一天你去送。”姨父说：“嗯哪。”大姨说：“学校要问，你就说是咱家的孩子。”大姨父说：“嗯哪。”大姨说：“给钟山煮俩鸡蛋带上。”大姨父说：“嗯哪。”在我的印象里，大姨父除了会说“嗯哪”，好像没有听到他说过其他什么完整的话。

大姨父的脸很黑，有很多皱纹，皱纹里满是泥灰。大姨父没事的时候，就抽烟。大姨父在我的印象里烟吸得很凶，吸的是自家地里种的大叶烟，大姨父卷烟用的是我和表哥用过的作业本纸，作业本上有老师用红笔画出的勾，大姨父吸烟的时候，我还能从烟上看到我演算的算术题和老师批改作业时留下的那醒目的红勾来。有时那些红勾就含在大姨父的嘴里，红墨水洇开来，粘在大姨父发紫的嘴唇上。大姨父舔一舔嘴角，并不费劲地把红墨水咽下去。

大姨父带我走到山梁上时，我就看到了山脚下一溜平地上那排土房子，大姨父对我说：“那就是学校。”大姨父蹲在山梁上，又卷了一支烟，烟味很辣，风把烟雾吹到我的脸上，我大声咳嗽了几声，大姨父慌忙走到顺风处，眯着眼瞅着那一溜土房，又抬头看了眼东面的日头，站起身在前面一跛一跛地走了。

大姨父把我送到校长面前，校长是个四十多岁的矮个子男人，姓魏。魏校长梳着分头，坐在一张桌后，望着我说："你会数数吗？"这时我看见魏校长牙缝里夹了一片绿菜叶。我没摇头也没点头。大姨父忙走进来，手里擎着一支刚卷好的烟，往校长手上送。校长见我不答话就问大姨父："这孩子是哑巴？我们可不收哑巴。"大姨父忙说："我的孩子怎么会是哑巴呢，他会数数，还会写字哪。"校长说："让他数。"伸手指了指我。魏校长抬手的时候，我看见他的衣袖上沾了一块白渗渗的米汤。我盯着魏校长的分头就数到一百，还想再数下去，魏校长就说："行了。"我看到大姨父长吁口气，冲魏校长笑了笑。

大姨父把我送到一年级的教室里，又从二年级教室里叫出表哥说了两句什么，看我一眼就走了。

放学的时候，表哥到一年级门口等我，见到我就一把抓住我的手往回走。表哥没穿鞋，光着脚板，表哥的脚上有了一层厚厚的黑皴，迈步的时候，我看见表哥的脚掌上有了一层硬硬的茧。表哥很少穿鞋，只有在冬天里才穿，鞋是大姨做的，用穿过的旧衣服剪好，又用面熬出的糨糊粘牢，纳出密密的线，又用旧布裁出鞋帮，鞋帮里又把棉花絮在里面。表哥只在冬天下雪时才开始穿鞋，下雪时天气已经很冷了，表哥的脚先是被冻得红肿起来，后来就流出了脓水。直到这时，大姨才忙完了秋收，闲下来开始没日没夜地做鞋。大姨先做出一双让我把单鞋换上棉鞋，然后才能轮上表哥和表姐。

表哥光着脚板牵着我走在山路上，表哥走到山上问我："你愿意上学吗？"我点点头。表哥瞅我一眼说："我就不愿意上学，上学没意思，还饿。"那时大姨一家总是吃不饱，雪天的时候总是用玉米面煮菜吃，吃了不少，不一会儿又饿了。表哥在星期天的时候，经常去偷青，偷青就是去偷地里还没有成熟的玉米和黄豆，抱到山旮旯里，拾来些干柴烧了吃。在不上学的日子里，表哥每天都带我去偷青，所以表哥不愿意上学，上学的日子偷不成青，挨饿。每天上学，大姨总是背着表哥往我书包里塞两个鸡蛋。我不忍心一个人吃，下课的时候，就抓着两个鸡蛋去找表哥，表哥看见鸡蛋，咽了一会儿口水推回我的手说："妈给你的，你吃，我不吃，我比你大呢。"表哥这么说时，我肚子咕噜地响了一声，我真的饿了。敲破鸡蛋，剥了皮就吃。表哥低下头，不看我，看他那一双黑脚。我吃完一个，又去敲第二个时，表哥抬起头瞅着我手里的鸡蛋说："妈从来没给我煮过鸡蛋吃。"说完又咽了一回口水。第二个鸡蛋我咬了一口，便往表哥手里塞，表哥不接，鸡蛋掉在地上，一群蚂蚁就爬过来，表哥忙弯下身，拾起来，用嘴去吹粘在鸡蛋上的泥，吹不掉，他就用袖子去抹。然后又递给我，我不接，表哥就无奈地说："那我就尝一口。"说完表哥就咬了一口，还没咽下去，又咬了一口，最后一口把鸡蛋都吞下去了，噎得表哥细长脖子鼓了鼓。那鸡蛋上还有没擦净的土。

一天放学表哥带我回家，刚下过雨路还很滑，都是泥，我还没等上山就跌了一个跟头，弄得满身是泥。

表哥看看我，又看看山路，便把他胳膊下夹着的书本塞到我手里说："你拿好，我背你。"还没等我同意，表哥就躬在了我面前，用手揽住了我的腿。

表哥很瘦，表哥的骨头硌得我肚子生疼。表哥的脸和脖子都红了，不一会儿有汗水顺着脖子流下来，表哥大口地喘着气，光着脚板，趔趔趄趄地背我回家。快到山梁顶时，表哥脚下一滑，身子一软，我和表哥都摔在草丛里，我把表哥的纸笔也都顺手甩了出去。表哥忙爬起来，先扶起我，我看见表哥的脸上沾了一块泥，我想笑，表哥就说：“坏了。”说完就去拾草地上散乱的本和书，本和书被草地上沾着的雨水打湿了，表哥小心地用没有粘到泥水的衣服去擦，擦完了，他小心地把这些东西夹在腋下，又伸手去在草地里摸。我说：“你找什么？”表哥说：“铅笔，我的铅笔没了。”我就跟表哥一起去摸铅笔，找了好久，也没找到，表哥的眼睛就直了，黑着脸说：“坏了，妈一定得打我。”最后表哥还是回家了，大姨终于发现表哥弄丢了铅笔，大姨真的把表哥打了一顿，边打边说：“让你长记性，还丢不丢东西了？”表哥不出声，只流泪，任凭大姨的扫帚疙瘩落在身上。后来，我哭了，抱住大姨的手，说那铅笔是我弄丢的。大姨才住了手。表哥那一晚没有吃饭，早早地睡了，睡梦中他还不停地抽噎。

后来我知道，我和表哥上学用的纸和本，都是用鸡蛋换来的。从那天起，我再也不要大姨塞给我的鸡蛋了。

转天上学时，我晚去了一节课，终于在昨天我和表哥摔倒的地方找到了那小半截铅笔。我高兴地跑到二年级教室，把那半截铅笔塞到表哥手里。表哥接过铅笔，看了又看，最后跑出教室，抱住一棵大树放声大哭。

我又一次和表哥偷青去，被看青的农民抓住了。

星期三，只上半天课。放学走到山梁上，望着山坳里即将成熟的庄稼地，表哥说：“你饿不饿？”我说：“饿。”表哥让我等在山梁上，不一会儿他回来了，手里拿着四穗玉米。我俩跑到一片树林里，点火烤玉米，这时，看青的农民就来了。

庄稼要成熟时，经常有人偷青，看青的人有经验，只要看到什么地方冒烟，就知道肯定有人偷青烧玉米吃了。

生产队长通知大姨父，罚四十斤玉米，在秋后口粮里扣。

那一夜，表哥没有敢回家，不知他躲在什么地方。

大姨在得到罚四十斤玉米的消息时，脸气得铁青，不停地说："看他回来，我不剥他的皮。"

表哥一夜也没回来。那一晚，我发现一家人都没有睡着，半夜时，大姨和大姨父还到外面找了一趟，也没找到表哥。

第二天，我在学校看到了表哥，他脸色苍白，眼圈发黑，浑身沾着草叶，我问他这一夜去哪儿了，他说："在山里。"

表哥再回家时，大姨没有打他也没有骂他，只说："你以后长记性，偷鸡摸狗的事咱不干。"

表哥耷拉着脑袋答："嗯。"

四

十几年后，在越南前线，我和表哥在一个排。

表哥是机枪手，行军的时候，他就扛着班用机枪"呼哧呼哧"地走在队列里。表哥那几天拉肚子，很快人就瘦了一圈。班用机枪扛在他肩上就显得很沉重。有一次部队转移，我和表哥被编在一个小组里。表哥扛着挺重的班用机枪，跑了一会儿便跑不动了，他白着脸，红着眼睛大口地喘着粗气，浑身上下流出的汗似水流过一样，我默默地接过他肩上的枪，他抬头见是我，没说什么，松开了抓枪的手。他走在我的身旁，不时地用手替我分开横在前面的树枝，边走边说：“他妈的，我一点儿劲也没有了。”我嗓子干得冒烟，什么也没说。这时周围不时地响起零星的枪声，他慌慌地从我肩上夺下班用机枪，抱在他怀里，做出一副随时准备射击的样子。

晚上，部队宿在一个山坳里待命，那一晚，有清冷的月光从天上泻下来，我们都躺在一个山坡的草地上，远处不时有炮弹落地的爆炸声隐约传来。刚开始，我们只要一听到枪炮声就紧张，时间长了就习惯了。奔袭了一天，我们已经没有一丝力气再跑起来了。躺在草地上不一会儿都昏天黑地地睡去了。熟睡中，我被一个人摇醒，睁开眼，见是表哥，表哥侧身躺在我的身旁，小声地对我说：“我刚才做了一个梦。”我很困，没说什么，借着月光望了表哥一眼想睡去。他又说：“我梦见咱妈了。”自从到了大姨家以后，我便开始叫大姨妈。表哥这么说，我的心就一动：“咱妈说啥？”我又想起了鬓发花杂的大姨，大姨那双永远是泪水不息的眼睛。“我梦见妈死了。”表哥说完，眼角流过两滴泪水，在月光下一闪。我的心一沉，眼角也潮了一下，却说：“梦都是和现实相反的，你梦见她死了，说明她身体很健康。”表哥听完了我的话，没说什么，仰躺下身子，望着天上有一颗流星一闪而过。

半晌，表哥又转过身，扳了一下我的肩膀说：“战争结束你想干啥？”我瞅着天上的几颗星星，在我眼前很近地眨着，当时就想，生活真是个谜，今天你还好好地活着，明天说不定就死了，生命既永恒也短暂。我就说：“不打仗了我就写诗，写有关生死的诗。”表哥不说话了，抱住头，望天上。这时远方仍有隐隐约约的枪炮声传来。后来我又问：“你呢？不打仗你想干啥？”表哥就撑起身子，瞅着我很认真地答："入党，提干，把咱妈接出来享福。"我望着表哥在月光下很苍白的脸，猛然想起了远在新疆的父亲，还有死在新疆的母亲，同时，也想起了大姨，泪水一下子夺眶而出。表哥叹口气说："其实我是说着玩儿呢，部队不会留我这样没有文化的人，打完仗我就回家种地去。"过了一会儿又说，"你学习好，等打完仗你就能考军校了，到时候咱妈只能指望你了。"表哥没能念完初中便辍学了，他和大姨父一起承担起了家庭的重担。我望着表哥那双惆怅的眼睛，真诚地说："等打完仗，我帮你复习文化，咱们一起考军校。"表哥听了我的话，笑一笑，没说什么，躺在草地上，枕着那支班用机枪闭上眼睛，我却怎么也睡不着，盯着渐渐西移的月亮，想了很多杂七杂八的事情。

表哥没能等到战争结束复习考军校，为了救我，他失去了那双扣动班用机枪扳击的右手，战争结束后，就离开了部队。

那次我们从〇七一高地上撤下来，打了一个胜仗，大家心里都挺高兴。我们分成了几组，心里无比轻松地往回走，突然我的脚下被什么东西硌了一下，条件反射，我一下子停住了脚步，待我定睛往脚下看时，我断定我踩上地雷了。

我踩上的是一枚很小的地雷，引爆开关在地雷口一个簧上，踩在簧上它不响，只要你一动，簧再次弹起来它才响，这种雷威力不大，但它却完全有能力炸去你一条腿。这是越南人从美国引进的玩意儿，现代战争，越南人狡猾地用上这种武器，他们不仅想消灭你的战斗力，同时也想消耗你的战斗力。一旦有人踩上地雷，就会有人要抬伤员，无形中他的一颗地雷会牵制你几个战斗力，无论是在战争中，还是在战后，这个失去一条腿的人，无疑会成为你这个国家的包袱，国家得要供养这些伤残的士兵，比当时炸死你要恶毒十倍、百倍。

我就这样踩上了一颗非常恶毒的地雷，我没有动，却惊恐地喊了一声：“地雷。”走在我身旁的几个人也条件反射地趴在了地上，此时我看见了早晨刚升出的太阳，在山头后面耀了一下，那束光线又透过树枝斑驳地照在草地上。我踩住地雷的一条腿，似乎失去了知觉，僵硬得不听使唤，汗水顺着我的背脊流了下来。我看了一眼右腿，那是一条完好的腿，军裤不知什么时候被撕开了一个大口子，里面露出皮肉，我飞快地联想到，我这条腿马上就不会存在了，这时我失去了理智，变音变调地喊了一声：“他妈的，我踩地雷了。”我喊完这句话时，就想躺下去，炸成什么样算什么样。这时我看见了表哥，表哥僵在那儿，大睁着眼睛，先是吃惊地望着我，随后他大喊一声：“钟山，你别动。”说完他很快地扔掉身上的班用机枪，我还看到表哥下意识地解开胸前的一颗扣子。表哥冲过来，先是绕着我转了一圈，我看到表哥的脸涨成了紫色，鬓角上正滴滴地往下流着汗水，他转了一圈之后，就弯下身，我喊了一声：“表哥你快趴下。”表哥没有趴下，这时他抬起了头，仰视着我，我看见表哥那双充血的眼睛，表哥冲我喊了一嗓子：“你要活下去，要完好地活下去，战争完了，你还要考军校。”他喊完了，便伸出一只手向我的脚下抠去，这时，我感到血液在周身轰然一响，那只踩着地雷的腿恢复了知觉，我感到表哥的一只手已经抠到了我的脚下，我的脚心被表哥伸进的手指头硌了一下又硌了一下。这时我大脑清醒地意识到表哥在干什么，我嘶声喊了一句：“哥，你躲开。”我还没能喊完，表哥另一只手一下子抱住了我踩地雷的那一条腿，我一下子失去了重心，仰躺着摔在草地上，几乎同时，我听到了一声清脆的爆炸声，那声响一点儿也不惊心动魄，就像过年时小孩放的一声鞭炮，但我却清晰地听见表哥惨叫一声。我抬眼望去，一股灰烟之后，表哥躺在了血泊中，右手被炸去了一截，昏死在草地上。

我大叫一声向表哥扑去。

第四章

一

爷爷坐在窝棚里看到山野的雪地上有一个人正一点点地向他移近。爷爷操起了那把铁锹，隐在窝棚门后盯着来人，当看清了走近的来人是余钱时，他扔掉了手中的铁锹，喉头一紧，叫了一声："余钱——"便再也说不下去了。余钱见到了我爷爷，向前跑了两步，便一屁股坐在了雪地上，张大嘴巴喘息了一会儿，瞅着吃惊又感动地立在那里的爷爷说："你跑得真远。"余钱是来向爷爷报信的。爷爷一跑，跑出了几十天，余钱惦记着爷爷，余钱也是无父无母的孤儿，两个人在长工生活中结下了深厚的情谊。他放心不下我爷爷，他知道我爷爷只能往山里跑，其他的没有爷爷的活路。

余钱的到来，使爷爷知道，他一铁锹并没有拍死周少爷，周少爷的头骨被打塌了一块，左肩也被爷爷那一铁锹拍成了骨折。周少爷当场晕死过去，急坏了少奶奶小凤和周家老少，爷爷提着铁锹仓皇地跑了，周家当时并没有顾上派人去追赶我爷爷。他们七手八脚地把周少爷抬到屋里，千呼万唤使周少爷苏醒过来。醒过来的周少爷两眼痴呆，半天才说出一句："真疼。"周大牙派人找来了大屯镇的江湖郎中精心给周少爷调理。周少爷被打上了石膏，吃了药不再喊疼了，两眼仍然痴呆。有时他能认出站在身旁的人，有时认不出。小凤没日没夜地服侍在周少爷的床前，哭天抹泪。她看着眼前成了残废的周少爷，咬着那两颗小虎牙，说："穷小子，抓住你剥了你的皮。"那时的少奶奶小凤绝对想不到我爷爷在发疯地暗恋她，他打伤了周少爷一切都缘于对她的爱。少奶奶小凤说完，便瞅着自己的夫君这般模样暗暗地垂泪。

周大牙请江湖郎中调治儿子的伤，几日过去了并没有什么好转，便套上雪橇送儿子去天津卫医治，小凤自然也随着一同前往。

送走儿子的周大牙，想起了我爷爷，他花钱雇请了左邻右舍的地痞无赖明察暗访我爷爷，抓到者，赏大洋一百；知情通报者，赏大洋五十。左邻右舍的地痞无赖自然不会放过这发财的机会，于是这些人明察暗访我爷爷的下落。但他们这些人谁也没有想到我爷爷会躲到冰天雪地的山里。

经过一段时间的折腾，这些人自然找不到爷爷的踪影。周大牙着急上火，眼睁睁看着一个长工把自己的儿子废了，长工又逃之夭夭。这无疑对有钱有势的周大牙是一种嘲讽，周大牙接受不了这种嘲讽，几天下来，急得脖子上生了好几颗脓疱，后来，他又发动了自己家的人，包括余钱这些长工四处打探。

余钱自从看着我爷爷跑出周家大院，就为爷爷捏了一把汗，他不担心爷爷会被周家抓住，而是担心从此失去一个朋友。我爷爷比余钱大四岁，对余钱的生活无疑产生了重要影响，余钱自小就失去了父母，我爷爷的出现，使余钱在心理上有了依赖，有一段时间，那种心理是晚辈对父辈式的。余钱在没有接到周大牙的命令前，没敢擅自去找我爷爷，他不是怕东家砸他的饭碗，而是怕自己的轻举妄动暴露爷爷的蛛丝马迹。

余钱在接到周大牙的命令的当天，就离开周家大院。他为了避开周家的视线，先在其他屯子里转了一天，然后才绕路走进山里。山里很大，爷爷并没留下脚印，他找到我爷爷完全凭的是一种感觉。他感觉我爷爷应该藏在这里，于是他找到了爷爷。

我爷爷躲在山里几十天了，他见不到一个人，没有人陪他说一句话，白天晚上只能和那些野兽为伍，他见到余钱就哭了，他一边哭一边听余钱的述说。余钱述说完，爷爷止住了眼泪，望着远山上的白雪说："周家我是不能回了，一时半会儿山我也下不去了。"

余钱瞅着我爷爷一双伤感的眼睛说："先在山里躲一阵再说，不行拉上几个人去疯魔谷占山为王。"

我爷爷听了余钱的话，心里一亮，眼下的情形，他只能如此了。天天在荒无人烟的山里与野兽为伍自然不是个办法，要是能拉起一伙人来占山为王日子也许不错，他想到了那些历朝历代落草为寇的，不都是被逼无奈吗？为了生存，为了性命，还有那爱，他对占山为王不能不考虑一下。

余钱走了，爷爷坐在窝棚里在想余钱说的话。

爷爷生在习武之乡威海，虽然他少年就逃到了东北，但少年时对武术的耳濡目染，使他对武术有了深深的了解，他想，要生存在这个世界上必须要有一个强健的身板儿，他给周家当长工时也没有忘记温习自己的武术，他不仅使自己的身体发育得完美无缺，更使自己的功夫日臻圆熟。

爷爷在余钱走后，独自坐在猎人的窝棚里。想到自己要生存下去，只能走占山为王这条路了，但到目前为止，还没有找到一条切实可行的办法。自己人单力薄、孤家寡人，无论如何也成不了气候。

他想到这儿很是为眼下的处境愁肠百结，这个时候他又想起了小凤，小凤那双腿，那对小虎牙，还有那腰肢……小凤的所有已经深深地占据了爷爷的心。余钱告诉他，小凤已随周少爷去天津卫治伤去了，也就是说，小凤离开了周家，离开了这里，远离他而去了，那缕温情，那份念想此时已占据了他那干涸的心。此时，爷爷用前所未有的心思想念小凤，他又想到了那可恶的周家，还有周家少爷，周家少爷和小凤在一起他看见就难受，小凤是爷爷见过的所有女人中最漂亮的，小凤不仅漂亮，还有那神韵、气质，已使爷爷不能自拔了。他突然恨恨地想，就是为了小凤自己也要占山为王，只要有朝一日能够得到小凤，就是让人千刀万剐也心满意足了。

在以后隐居山里的日子里，爷爷挥舞着那把铁锹打着赤背汗流浃背热气腾腾地练习武术。

爷爷一遍又一遍重温着家传的一个绝招：黑虎掏心。

当年爷爷一拳把日本浪人打得七窍出血，摔下擂台，用的就是那手家传绝招，在以后和爷爷相处的日子里，我几次想让爷爷演示那手绝招，都遭到爷爷冷漠的拒绝。爷爷拒绝回忆，回忆那血腥的一切。我理解爷爷。

后来听人们讲，爷爷那手绝活绝非一日之功。那手绝活出拳要稳、准、狠、猛、韧，所有的基本功具备了，才能置人于死地。

爷爷在山野里练黑虎掏心，他把树木当成了敌人，用拳头去击打这些敌人。在大兴安岭爷爷逃难的山坳里很多成年的树上，都留下爷爷双拳皮肉破裂的血迹。拳上的伤口使爷爷吃尽了苦头，但为了生存，为了日后占山为王，他用冰冷的雪擦一下伤口，让冰冷麻木神经，然后一次又一次地向树木出击。

爷爷在等待机会的日子里，余钱来了几次，这几次余钱都从东家那里偷来了不少米面，还有食盐，也带给爷爷一次又一次消息。余钱告诉爷爷，小凤已经又随着周少爷回来了。周少爷的伤虽然好了，可已成了白痴，除能认出他父亲周大牙外，已认不出家里任何人了。

爷爷听到这个消息，既激动又害怕。此时他更加坚定了自己占山为王的想法。

机会终于来了，消息是余钱又一次进山带来的。

二

父亲一枪结束了一个日本小队长的性命，还缴获了一支手枪，父亲认定那枪是自己冒着生命危险得来的，他拒绝交公，肖大队长也没有和我父亲认真，于是那枪归了父亲。但肖大队长还是批评了父亲，批评父亲无组织无纪律擅自杀了一个日本小队长。父亲在接受肖大队长批评时，一言不发，望着手里那支手枪，这时在父亲的意识里，白米饭和猪肉正向他一点点地逼近。

父亲从此参加了操练射击的行列。父亲学会了打枪，而且能在百米之内百发百中。

父亲参加的第一次战斗，也是自治联军最后一次大规模战斗。

那场战斗在野葱岭展开。正是春天，野葱岭山上的积雪正在一点点地消融，裸露出的草皮，已隐约能看见有一些嫩绿的芽草正破土而出。

日本人穷凶极恶地对东北自治联军举行了一次春季大扫荡，日本人似乎已经察觉到自己的日子不会长远了，调动了所有的兵力，向自治联军一支队驻地野葱岭扑来。

肖大队长带着大队人马，在野葱岭的岔路口负责打阻击。

那一天我父亲很兴奋，这是他第一次参加这样大规模的战斗，他知道，这些日本人中就有驻扎在大屯镇的，要是这一仗能把日本人消灭，自治联军就可以进驻大屯镇，吃白米饭和猪肉，再也不会躲在山旮旯里挨饿受冻了。

我父亲当时的任务是紧随肖大队长左右，及时向队伍传达肖大队长的指示。

肖大队长带着一百多人，埋伏在岔路口的山岭上，他们的身下正化冻的雪水滋滋地在山坡上流淌。中午时分，太阳已有些暖烘烘的了，远远地我父亲看到一大队日本人，举着枪扛着旗向野葱岭扑来。我父亲一遍遍查看自己手里握着的手枪，手枪里压满了子弹，在羊皮袄的外兜里也装满了沉甸甸的子弹，我父亲对这些子弹心满意足，容光焕发。我父亲握枪的手不停地颤抖，手心里也有潮潮的汗液浸出，我父亲看了一眼趴在山坡上的自治联军士兵，那些士兵一动不动，枪举在胸前，似一尊尊放倒的雕像，他看到这一切，心里平静了一些。

日本人已经走到他们的眼皮底下了，日本人没有想到在他们头顶上还有一百多支枪口正瞄向他们，日本人整齐地迈着穿皮靴的双腿，唱着叽里哇啦的军歌。

这时肖大队长挥了一下手里的驳壳枪，喊了一声“打”，一百多支枪便疯狂地开始射击了。父亲看到，走在最前面的几个日本兵，没有丝毫反应便一头栽倒在地上不动弹了。父亲兴奋地向山下射击着，他不知道哪个日本人是自己打死的，哪些是别人打死的，父亲举着枪练习射击似的向山下射击着。父亲已经没有时间瞄准哪一个日本人了，岔路口已拥满了日本人，他就发疯地向日本人射击，日本人像被一阵风吹动秋叶般地飘落了。但日本人马上清醒了，四面散开，开始还击。父亲听见日本人射出的子弹嗖嗖地从他头顶上掠过。此时父亲莫名其妙地想起了坐在山坡上等待奶奶的爷爷，想起了高粱米稀粥。父亲抓过羊皮袄外衣袋里的子弹，压向枪膛，他又把这些子弹射出去。他看到日本人倒下去了，他也看到身旁自治联军的士兵倒下去了。十四岁的父亲，在一时间，似乎长大了，瞬间明白了一个浅显又真实的道理，你不打死日本人，日本人就会杀死你。

父亲看到肖大队长躲在一棵树后，探着头正一次次向外射击，父亲看到黑压压的日本人正一点点地向山上爬来，父亲还看到肖大队长举枪的手有些颤抖，颤抖的手射出的子弹，一点儿也打不准。父亲在看肖大队长射击时，一个半跪在山坡上的日本人正在向肖大队长瞄准，肖大队长一点儿也不知道。父亲想喊一声，但还没有喊叫出，他便看见肖大队长一个前扑，口里吐出一股鲜血。父亲不明白为什么肖大队长嘴里吐出一口血，后脑勺也吐出一口血，便伏在地上不动了。父亲举起枪，把半跪在山坡上的那个日本人打倒。父亲跑到肖大队长身边，看到肖大队长的脸上没有伤口，那子弹是从嘴里射入、从后脑勺钻出来的。肖大队长大张着口，嘴里有血汩汩地流出，大睁着眼睛，两眼惘然地望着初春并不蓝的天空。父亲这时意识到，肖大队长已经死了。他望着肖大队长大睁着的双眼，还有那合不拢的嘴，又想到了肖大队长狼吞虎咽高粱米粥的情形。此时父亲心里很平静，他想到了生和死离得那么近，生就是死，死就是生。父亲又想到白米饭和猪肉，想到这儿从肖大队长手里拿过那支驳壳枪插在自己的腰间，立起身的时候，他边跑边喊："肖大队长死了，肖大队长死了……"他向每一个自治联军战士传递着这一消息，他忘记了向日本人射击，他向人们传递着肖大队长死亡的消息，就像传达肖大队长的口令那样不折不扣。父亲在向前狂跑着、呼喊着，此时他心里仍然很平静。不知什么时候，不知是谁，照准父亲的屁股狠狠地踹了一脚，父亲哼了一声，便一头栽倒在山坡上，那一脚踢得挺狠，半天他没有爬起来。父亲不明白为什么要踢他一脚。父亲爬起来的时候，看到自治联军已经开始后撤了，向野葱岭的深处跑去，他忍着剧痛爬起来，边跑边冲那些人喊："肖大队长死了。"没有人理他，他不明白，那些人为什么像没有听到他的话一样没有一丝反应。他回头去望刚才肖大队长阵亡的那棵树下时，发现肖大队长已经不在了。

大队人马甩掉日本人的追击后，在一片树林子里，他又看到了肖大队长。肖大队长还像死时那样，大张着嘴，瞪大一双惘然的眼睛。很多人围着肖大队长哭了，他不明白那些人哭什么，哭肖大队长的死，还是肖大队长的生？父亲坚信，人死是有魂的，人死了，魂还活着，那个魂谁也看不见，想去哪里就去哪里。父亲望着肖大队长大张着的血肉模糊的嘴，心想，说不定肖大队长此时已到了大屯镇在吃白米饭和猪肉呢。父亲便对那些哭着的人感到好笑了。

那场扫荡结束后，父亲所在的东北自治联军又打了几次小仗，先是解放了大屯镇，他们进了大屯镇，队伍真的吃上了白米饭和猪肉，白米饭和猪肉都是从日本人仓库缴获来的。不久，日本人宣布无条件投降了。日本人投降了，队伍一时没有什么事可干了。父亲在没有战争的日子里，心里空落无依，他不知道以后去干什么，在没有想好以后干什么时，父亲回了一次靠山屯，去看我爷爷。

父亲走进家门的时候，他看见了我奶奶，奶奶小凤坐在炕上，望着窗外，两眼呆痴无神。父亲不知道奶奶是什么时候回来的，他看见奶奶的同时也看见了爷爷，爷爷坐在离奶奶不远不近的地方，满脸温柔地正望着奶奶。奶奶看见了父亲，先是一惊，立马眼泪就流下来了。奶奶转过身，一直那么泪眼蒙眬地望着我的父亲。

爷爷看见父亲的时候，立马黑了脸，他望着我父亲插在腰间的枪说："你还活着?"父亲吸溜了一下鼻子，没有吭声。

奶奶突然"哇"的一声哭了，奶奶扑在炕上哭得上气不接下气。爷爷张皇地起身站在奶奶身旁。爷爷冲着父亲说："别走了。"父亲说："我要打仗，要吃饭!"

这时爷爷一步步向父亲走来，父亲看见了爷爷眼里的杀气。突然爷爷挥起了右手，给了父亲一个响亮的耳光。父亲没有躲，他的嘴角里流出了一缕鲜血。他冷静地看着爷爷，这时奶奶一骨碌从炕上爬起来，跪在炕上，挥起她那双纤细的手冲我爷爷的脸左右开弓，爷爷不动，满脸的柔情，爷爷在奶奶的暴打下，幸福地哼哼着。

我父亲在奶奶响亮的耳光声中离开家，走出家门的父亲，吐掉了嘴里的鲜血。

不久，我父亲所在的东北自治联军被整编了。十六岁那年，我父亲当上了排长。不久，解放战争就爆发了。

三

我和表哥念书的时候，表姐十六岁。表姐只念了五年小学，便回到家和大姨一起操持家务了。

十六岁的表姐长得亭亭玉立，一条又粗又黑的大辫子，大大的眼睛，黑黑的眉。表姐的脸很白，很久我仍弄不懂，长年在田里和男人们一样干粗活的表姐为什么有那么白的面孔。

在我淡薄的印象里，表姐和大姨去过我家一次。母亲很喜欢表姐，那时我记得母亲搂着表姐，摸着表姐一头黑发说："莉莉，以后到姨家来吧，日后找一个军官。"那时表姐年龄还小，听到母亲的话，脸就红了。大姨也曾多次说过，表姐长得像我母亲，天生一个美人坯子。

表姐上完小学就回乡务农了。因务农而风吹日晒的表姐更加健康美丽了，表姐有两条修长健美的腿，还有柔软的腰肢和饱满的胸。

每当我思念姐姐嫒朝的时候，就用表姐的形象冲淡那份思念。在大姨家，表姐有一间属于自己的小屋子，那是一间在大姨和大姨父的大屋子里用柳树枝编织而成，又用泥巴抹上隔开的小房间，房间的墙壁上有很多花花绿绿的剧照，不知表姐从哪里找来的，有气宇昂扬、高举红灯的李玉和，有梳长辫子的铁梅……表姐经常把我领到她那间小屋里，表姐的小屋里很干净，有一股淡淡的说不出来的雪花膏味，我一看见表姐墙上梳辫子的铁梅就说："姐，真像你。"

表姐听我这么说，脸先是红了一下，然后两眼很有神采地望着李铁梅的画，好久、好久，表姐叹了口气。

更多的时候，放学回来，我便会坐在表姐小屋里那张用木板搭成的小床上写作业，这时表姐还没回来。

一天我在表姐小屋里发现了一封信，信是从新疆来的，信封上写着表姐的名字，信已经拆开了，我好奇地打开了信。信是媛朝写给我的，那一年媛朝已经十四岁了，上初中了。上初中的媛朝有好多好多的话要对我说。

媛朝在信上说，她很想念我，不知我现在在干什么，给我留下的有天安门的书还在吗？媛朝说，新疆的风很大很大，一年四季刮风，她上学要走很远的路，那里的学校一点儿也不好，那学校的男生还欺负人。媛朝说，新疆在很远很远的地方，他们坐火车时，天黑了几次又亮了几次才到了新疆。媛朝说，她怕这辈子再也回不来了，小弟你可能来看姐姐吗，小弟你快长大吧，长大了就能来看姐姐了，姐姐好想你呀……

我看信就哭了，想起了媛朝，想起了昔日住在小楼里的生活。从那时起，我真希望自己马上就长大去新疆看姐姐和妈妈还有爸爸。

我捧着信哭着就睡着了，醒来的时候，我看见表姐的一双眼睛也泪汪汪的。表姐攥着我的一只手，我一见到表姐泪就流下来了，表姐声音哽咽地说：“小弟，你就把我当成媛朝吧。”我终于忍不住了，一头扑在表姐的怀里，喊了一声“姐”。

那天晚上我没有吃饭，一直坐在表姐的小屋里，吃饭的时候表哥喊过我，大姨也来叫过我，我一遍遍读着那封信，大姨看到了，没说什么，转过身用袖口擦着眼睛。

很晚的时候，表姐进来了。她端来了一碗面条，里面还有两只鸡蛋。表姐把面条轻轻放到我眼前，我不看那一碗面条，表姐摸着我的头发说：“小弟，吃吧，吃面就长大了，长大了还要去看妈妈爸爸还有姐姐呀。”表姐这么一说，我的泪水又流下来了。表姐为我擦去眼泪，用勺挑起面条一点点地喂我，我吃了几口，想到表哥他们晚上吃的一定又是玉米面糊糊煮野菜，便吃不下了，说：“姐，我吃饱了。”表姐见我不吃了，无奈地叹口气，把碗端了出去。

那一晚，我就睡在表姐的床上，表姐搂着我，我又闻到表姐身上那香甜的雪花膏味。黑暗中，我问表姐：“新疆在哪里呢？”表姐想了半天说：“在北面。在很远很远的地方。”“姐姐为什么要去新疆呢？”我又问。表姐更用力地搂紧我，说：“你小，你还不懂，长大你就知道了。”于是我就想，我什么时候才能长大呢，长大了不仅可以去看姐姐妈妈还有爸爸，而且还会明白很多很多的事，这么想着，我就睡着了。

夜里醒来一次，我看见表姐仍没有睡，月光中我看见表姐大睁着一双水汪汪的眼睛在静静地想着什么。表姐仍紧紧地搂着我，她身子软软的凉凉的。表姐在想什么呢？我这么想，模模糊糊地又睡着了。

表姐要参加宣传队了，宣传队是生产大队组织的。那时已有上山下乡的知识青年来到了农村的生产队。负责组织宣传队的是一个从省城里下来的知识青年，叫马驰。马驰在学校里就演过戏，一眼就看中了我表姐，对大队书记吴广泰说：“这姑娘演铁梅行。”吴广泰没说什么，摸了摸光光的下巴，冲马驰说：“那就试试吧。”

表姐在宣传队那些天里，似乎换了一个人，天天有说有笑的，早出晚归的，表姐那些日子脸上有着少有的红晕，眼睛更亮了。表姐回来的时候，晚上睡觉也要梳洗一番，梳洗的时候嘴里仍唱："爹爹肩上有千斤担，铁梅我也要挑上那八百斤……"

表姐梳洗完了，见我还没睡，便总是把我叫到她房间里去，和我说好多好多宣传队里的事，表姐嘴里说得最多的是宣传队的队长，那个知识青年马驰。我在表姐嘴里知道了马驰，她还教我唱铁梅的唱段。表姐唱的时候，两眼晶亮，面色潮红，表姐的歌声很动听悦耳。那时候我还不知道，表姐已在恋爱。

山村的夜晚，黑暗难挨，没有电灯，没有声响，表姐成了我的念想和欢乐的源泉。一到晚上，我就坐在大姨家门前的土包上等待表姐，表姐每次回来都要给我讲好多好多宣传队里的新鲜事，她讲王连举叛变，鸠山杀死李玉和……

那一晚，天上缀满星星，远处有青蛙高一声低一声地鸣唱。我又坐在土包上等表姐，表姐左等也不来，右等也不来，我就寂寞地数天上的星星。天上的星星怎么也数不清，不知道是数第几遍时，我看见黑影里走过来两个人，离大姨家门前还有一段距离的地方停下来了。那两个影子靠得很近，两个人低低地又说了两句什么，一个人就回转身走了，那个黑影望着远去的黑影半晌才转过身来，朝大姨家走来。我认出是表姐，喊了一声，表姐怔了一下，见是我，便拉住我的手。我发现表姐的手心潮潮的。我望着那个远去的黑影问："那个人是谁？"

表姐回了一下头答："是个人。"

"是个人又是谁？"我仍固执地问。

表姐不答，半晌，把脸颊贴在我的耳旁答："是马驰。"

那时我发现表姐的脸很烫，似燃着了一团火，表姐说“马驰”这两个字的时候，声音抑制不住地兴奋。

表姐和马驰开始恋爱了。

表姐的悲剧也便开始了。

四

我当兵要走的前几天，去看了一次爷爷。爷爷仍然住在靠山屯，房子却不是那间木刻楞了，换成了两间土坯房，房上铺着青色的瓦。

爷爷坐在房前的空地上，爷爷的两只门牙已经脱落了，他瘪着嘴，两眼半睁半闭地望着正午的太阳，似乎没有看见我的到来。爷爷也许是正沉浸在对往事的回忆中，我不忍心打扰爷爷，坐在爷爷对面的一块石头上。

过了一会儿，又过了一会儿，爷爷终于慢慢地移动着他那双浑浊的目光，最后把目光定在我的脸上，爷爷的目光很吃力地从我的脸上一直望到我的脚上。那一天，我穿着新发的军装，我站起身，走到爷爷的身旁，手扶在爷爷的膝盖上，很兴奋地对爷爷说：“爷爷，我当兵了！”爷爷也许是耳背，一点儿反应也没有，他的目光已经移到很远的地方了。半晌，我看见爷爷的眼角里滚出了两滴浑浊的老泪，顺着满是皱纹的脸颊流了下来。

我定定地望着爷爷的眼泪，心里一酸，眼泪差点儿流出来。

爷爷那一年已经七十七岁了，七十七岁的爷爷自己孤单地生活在那两间土瓦结合的小屋子里。那两间房子是生产队给盖的，自从父亲和爷爷划清了界限，爷爷就成了生产队的五保户了。

我望着眼前的爷爷，企图从现实中的爷爷身上找到当年爷爷威风八面的影子。我在心里问着自己，爷爷还是当年一拳打死那个日本浪人，加入赵尚志的游击队，用血肉之躯踏遍疯魔谷的爷爷吗？

太阳一点点地偏西，我陪着爷爷定定地坐在阳光下，我望着眼前苍老的爷爷，想得很多，很远。

再过几天，我就要离开家乡，成为一名军人了，我觉得我应该成为一名军人，我的血液里不止流淌着父辈的血液吗？我这么想着时，竟有了几分激动和自豪感。然而我回到现实中来，看到眼前的爷爷怎么也找不到当年爷爷威风凛凛的形象，难道以前所有的传说，都是假的吗？

那一晚，我陪着爷爷一起睡。窗外的月光很亮，窗口透出的一片片清辉洒在屋子里。

“你今年有十九岁了吧？”爷爷用漏风的嘴说。

“嗯。”我说。

爷爷咳嗽了一阵，爬起来摸摸索索地从枕头下拿起烟口袋卷纸烟。点燃烟，烟头一明一灭地闪动着，一股浓烈辛辣的气味在屋子里，袅袅地飘散，爷爷便猛烈地咳嗽了几声。

我说：“爷爷，把烟戒了吧。”

爷爷半晌说：“抽了一辈子了，戒它干啥。”

爷爷抽完烟，撑起瘦骨棱棱的身子，定定地瞅着我说：“当兵要打仗，打仗要死人的，这个你懂吗？”

我不明白爷爷为什么要这么问。

我说：“懂。”

爷爷突然语塞了，他裹起被子坐在炕上，望着窗外，望着望着，泪水慢慢地流了出来，先是一滴两滴，后来连成了一串，再后来爷爷裹着被子冲着东方跪下了，爷爷苍老的头颅一下下磕在炕上，震得炕皮咚咚直响。

我吃惊地望着爷爷。

第五章

一

余钱又一次来到窝棚看爷爷时，带来了一个好消息。这个消息给爷爷后来的命运带来了转机。

余钱告诉爷爷，大屯镇来了九个日本浪人，在镇正中高高地搭了一个台子，在上面守擂，叫嚣着只要中国人打败他们，他们便离开大屯镇。

那时日本人还没有向东北发兵，但他们早就看上了东北这块宝地，首先派出了这些日本浪人。这些日本浪人的出现，是向东北发出的一颗信号弹。这些日本浪人大讲日本国的强大、中国的缺点，在大屯镇摆擂台无疑是要先征服中国人的精神。

日本浪人在大屯镇摆擂十几天了，每天都有观望的人群，站在台子下，伸着脑袋向台上看。日本浪人穿着长衣长裤，腰挎佩剑，头上缠着白布条，白条布正中画着一个膏药旗。

日本浪人鄙视地瞅着台下涌动的人群，叽里哇啦地说着日本话，看没有人敢攻擂便哈哈大笑。台下的人麻木地望着台上的日本浪人狂笑。后来日本浪人见人们迟迟不来攻擂，便摆出了新招，挂出一块牌子，牌子上写着谁要能打败日本人赏白银五百两。

练过武术的富人们，没有人为了五百两银子来冒这个险。和余钱一起当长工的二狗子去了，二狗子是被那五百两银子吊起了胃口。二狗子前几年从山东闯荡到东北，人生得膀大腰圆，单手能劈开石头。

二狗子攻擂那天，用一条麻绳系在腰上，台下聚来了全镇的人看新鲜。台下的人一方面希望二狗子能打败日本浪人，替全镇人出口恶气；另一方面又不希望二狗子打败日本浪人，那样二狗子会白白得到五百两银子。为了证明自己誓言的真实，两个日本浪人抬来了一箱子白花花的银子，放在擂台的一角上。

二狗子看到那些白花花的银子，眼睛就一亮，他翻身登上了擂台。日本浪人抱着手，斜着眼看二狗子，二狗子站在台子中央，日本浪人迈着漫不经心的步子绕着二狗子一圈圈地走，二狗子看了一眼箱子里耀眼的银子便开始跟着日本浪人的脚步转，不知转了多少圈，二狗子觉得自己的腿有些软了，头也有些晕。就在这时，日本浪人突然发起了攻击，出其不意地抱住了二狗子的后腰，二狗子还没有反应过来，便被重重地摔倒在台上，台下的众人传来一片吁声。

日本浪人袖着手看着二狗子笨拙地爬起来，二狗子还没站稳，日本浪人飞起一脚踢在二狗子的肚子上，二狗子大叫一声，向后仰去，在台上滚了两滚摔到台下，口吐鲜血，不省人事。是余钱这些长工，把二狗子背了回去，台下的人“轰”的一声散去了，台上几个日本浪人狂笑不止。

余钱站在爷爷面前诉说这一切的时候，爷爷握紧了双拳呼吸急促，他像一头困兽不停地在小小的窝棚里踱步。

余钱望着爷爷就说：“钟大哥，你看……”

爷爷没有马上回答，爷爷在思考。突然他脑子里一亮，一拍大腿，这是一次赢得民心的好机会，说不定通过这次攻擂能招来一些兄弟随他去疯魔谷占山为王。山里他是一天也待不下去了，他在山里待了一个多月的时间，都快把他憋疯了。他把这个想法对余钱说了，余钱也乐了，说：“钟大哥你真行。你要是打败日本浪人，召集人马的事包在我身上。”

那一天晚上，趁着黑夜爷爷随余钱下山了。那一夜，爷爷住在大屯镇一家旅店里，天亮的时候，爷爷和余钱几个人混杂在人群里来到了擂台下。

一连十几天了，除二狗子来攻过擂还没有第二个人上来过，日本浪人的精神有些放松，几个日本浪人散漫地站在擂台上，不时地相互说着笑话，眼角的余光瞥着台下的人。那个守擂台的日本浪人不时地把唾液吐向台下，溅在台下人们的脸上。

一大早人们就听说今天有人要攻擂了，这个消息是余钱召集几个人挨家挨户通知的。前几天台下的人已经寥寥无几了，白天时，只有几个无事的人远远地蹲在墙角下望着台上几个日本浪人说笑，今天听说又有人攻擂，都早早地来到了台下。日本浪人对这些似乎有了察觉，他们站在台上望着仍源源不断向这里奔来的人群，不笑了，一会儿紧紧腰带，一会儿看看佩剑。

这时爷爷看时机已经到了，低声冲余钱几个人交代几句，身子一跃跳到了台上。这吓了那几个日本浪人一跳，日本浪人没发现我爷爷是怎么上来的，猛然出现在他们的眼前，不由自主地往后退了几步。几个日本浪人虎视眈眈地瞅着我爷爷。爷爷沉了沉气，没有看那几个日本浪人，回转身冲台下的人们抱了抱拳，清清嗓子说："老少爷们儿，日本人欺人太甚，今儿个我豁出来了，日木人要是把我打死，我没话再说，我要是把日本人打下台去，你们听我几句话，我有话对你们说。"

"好啊——"余钱几个人在台下拍着巴掌。

有人认出了我爷爷，这就是一铁锹把周家少爷打傻的那个长工，一时间台下又乱成了一锅粥。少顷便安静下来了，他们知道今天有戏看了。

爷爷看到台下安静的人群，转过身面对着日本浪人，这时爷爷的眼里已充满了血，脸上的肌肉不由自主地跳了跳。日本浪人也看出了爷爷的杀气，不由得吸了一口冷气，日本浪人还看出了爷爷和台下那些人的不同，台下那些人的麻木和爷爷此时的凶悍形成了鲜明的对比。

日本浪人开始绕着爷爷转圈，他想像对付二狗子那样先把我爷爷拖垮再出击，我爷爷站在那儿不动，眼睛冷冷地瞥着那个日本浪人。日本浪人见我爷爷不吃他那一套，便大叫一声，抬起腿向爷爷踢来。爷爷不躲不闪，右手一个海底捞月，一把抓住了日本浪人踢出的脚，用力一抬，日本浪人四仰八叉摔在了台上。

台下"轰"的一声，接着喊好声、拍巴掌声响成了一片。日本浪人恼羞成怒，一个鲤鱼打挺站了起来，一闪身拔出了佩剑，向我爷爷刺来，我爷爷在剑光中躲闪着，终于抓住了机会。日本浪人一剑刺空，身子露了出来，爷爷沉了一口丹田气，一拳击中日本浪人的胸窝，这时我爷爷使出了祖传的绝招——黑虎掏心。只见那个日本浪人惨叫一声，身子在空中飞出去几步远，“咣当”一声又摔在台子上，同时一口鲜血像喷泉一样蹿了出来，挣扎了几下，头一歪死了。

台下的人先是静寂，半晌，响起了台风一样的声音，那声音越来越响，最后几乎要刮倒擂台。

台后的几个日本浪人，没有料到爷爷这么快就把他们打败了，一起拔出了剑向爷爷逼来。这时台下余钱几个人大喊一声：“日本人不讲信用。”说完爬上台来，一起站在我爷爷身旁。台下的人见已经有人站到了台上，这时胆子也大了一些，一起冲几个日本浪人骂开了：“×你们日本妈，你们败了，下来，快下来！”那几个日本浪人见势不好，慌慌地扛起那个被打死的日本浪人溜走了。

这时我爷爷转回身，走到那箱银子旁，他搬起来，一股脑儿倒到了台下，然后高亢地说：“有种的站出来，去和我占山为王，我不欺弱打小，我对得起父老兄弟，想跟我走的，站到台上来。”余钱几个人已经站到了台子上，这时台下的人乱了一会儿之后，都静了下来，听我爷爷讲完，有几个无家无业债台高筑的争先恐后地爬到了台上，其实他们早就想做一个自由人了，就是没有个带头的，今天我爷爷站在台上讲了这番话，他们当时便下定决心，跟我爷爷占山为王，杀富济贫。

就在那一天，我爷爷带着二十几个人，离开大屯镇，浩浩荡荡向疯魔谷奔去。

二

我父亲当排长时十六岁，那一年解放战争爆发了。当时我父亲所在的东北军总司令是林彪，政委是彭真，参谋长是萧劲光。这是一些我军非常著名的将领。

我父亲不认识这些将领，只是听说过，但是能经常接到这些将军们的指示，父亲所在的部队经常在这些将军们的指示下转战南北，今天攻打这个城市，明天攻打那个城市，后天又撤到山里休整。

父亲十九岁那年，已经是连长了。父亲的升迁靠的不是非凡的指挥才能，他凭的是战争打响时那份冷静和不露声色。父亲从小就练就了一副铁石心肠，他不在乎身旁的死人，他更不在乎他杀死的敌人。

不久，著名的四平阻击战打响了。四平现在归吉林管辖，位于辽宁、吉林交界处，在东北是仅次于沈阳的又一交通要塞。四平在这之前并不著名，只是一个普普通通的小镇子。四平因为攻打了四次最后才被我军占领，才有了“四平”这个名字，也因此而著名。四平有一条英雄街，英雄街上有一座解放四平的纪念碑，那上面刻着一段英雄的故事。最后一次解放四平的战斗，我父亲所在部队一个姓马的师长在巷战中阵亡了。

第一次攻打四平时，我父亲杀死了他的警卫员。

四平那时还没有现在这么多楼房，大部分是灰了吧唧的平房，硝烟和灰尘冲满了整个上空。第一次攻打四平，国民党部队凭借着坚固的水泥碉堡，使我军前进不得，其实那一次攻打四平充其量算是四平外围战，部队攻打了两天，伤亡惨重，还没有攻进四平半步。那时我军装备很差，子弹奇缺，部队有几门六〇炮，那还是从日本人手里夺来的。有炮没有炮弹，比不上国民党的美式装备，又躲在坚固的掩体里。那时我军急得如热锅上的蚂蚁，眼睁睁地看着眼前的肥肉就是吃不到嘴里。

我军为了在精神上打败敌人，也是为了鼓舞我军士气，用树棍截成子弹模样，插在空荡荡的子弹袋里，威武地一遍遍绕着四平兜圈子。城外的老百姓看新鲜，看这些部队走过来走过去，最后，认出了转来转去的这些人竟是同一支部队。老百姓们便不再敢看了，觉得这些共产党的部队无论如何敌不过城里那些国民党的部队，打仗是真枪真炮凭家伙的，你这么转圈子，能把四平转到手吗？老百姓害怕了，有的躲到家里不出来，有的干脆连夜举家迁徙，知道这是一场什么样的战争了。

当时我父亲就带着自己一个连奉命在城外兜圈子，十九岁的父亲有一个二十六七岁的警卫员。那个警卫员姓王，生得弯腰驼背，人瘦得出奇，是从国民党那里解放过来的老兵。父亲看他手无缚鸡之力便让他当了警卫员。

第一次攻打四平终于失败了，城里国民党的部队冲出城开始反扑了，部队在一个黎明向东撤去，我父亲那个连接到了命令，在现在的郭家店附近的一个山上打阻击。那正是黎明时分，我父亲带着一连人马，趴在潮湿的山上，国民党部队有一个营的兵力，分三面向山上摸来，父亲这时很冷静，他看着慢慢爬过来的敌人，心里涌起一阵快意，现在父亲连里有一定数量的子弹，那是后撤部队留下的。父亲捏一捏手里沉甸甸的枪，这时他甚至吹了一声口哨，同时回头看了一眼太阳。父亲回头便看见那个警卫员，此时那个姓王的家伙，早就扒去了解放军的土黄军装，猫腰弓背地往山背后跑，他是被眼前的形势吓昏了头。父亲冷笑一声，举起枪，枪声一响，那个姓王的家伙陡然一条腿跪在了地上，他回头张望了一眼，就看见了我父亲。那家伙惨号一声伏在那里不动了，我父亲命令身边的战士把那家伙绑起来。全连人都看到了那一幕，刚才面对山下的敌人还有些害怕，此时已经忘记了恐惧，打也是死，不打也是死，最后全连人都选择了打。

那一场阻击战，全连人无比英勇，打退了一个营的一次又一次的进攻。太阳西斜时，国民党收兵了，父亲完成了阻击任务。

全连人站在西斜的太阳下望着被绑在树上那个姓王的家伙，那家伙的右腿被父亲击中，伤口的血已经凝固了。

父亲命令人把那个家伙松开了，一松开他就跪在了父亲面前。我父亲冷着脸，望一眼跪在地上的那家伙，又望一眼西斜的太阳，然后把目光定在了那一列烟熏火燎的士兵身上。

姓王的那个家伙哭了，边哭边说："连长我错了，饶了我吧，家里还有老婆孩子，还有一个老娘，我三年没见他们了。"

父亲此时脑子里马上闪现出爷爷和奶奶的形象，但那形象转瞬便消失了。父亲又扭过头望一眼西斜的太阳，太阳照在我父亲年轻的脸上，上唇刚生出一层细细的茸毛。我父亲弯了弯嘴角，又把目光转向那一列士兵大声地问："你们说怎么办？"

那一列士兵家里大都有老婆孩子，没有老婆孩子的也有父母双亲，都有些同情姓王的警卫员，他们在战斗打响时，也有过跑的念头，只不过没敢，听父亲这么问，都低下了头。父亲有些生气。于是父亲大声地说："都聋了？"

那一列士兵把头抬了一下。

姓王的那家伙，拖着一条腿向前爬了一步，抱住我父亲的腿，哭喊着："连长，我错了，你饶我这一次，我下辈子当牛做马都忘不了你。"

士兵抬起的头又都垂下了，这次我父亲真的愤怒了。他一脚踢开那家伙，喊了一声口令："向右转，开步走——"

队伍向前走去，我父亲也向前走去。姓王的那家伙以为自己得救了，冲着父亲的后背很响地磕着头，父亲走出有二十几米远的时候，拔出了手枪，一甩手枪响了，那家伙刚磕完一个头，仰起脑袋准备再磕下去时，子弹射中了他的头颅。士兵们听到了那一声枪响，都一起转回了头，他们看见夕阳下一股鲜血喷出一条优美的弧线，那家伙张大嘴巴向后一挺，仰身躺了下去。

太阳陡地沉落到山后面去了。父亲没有回头，也没看身旁那一列士兵，只下了一句口令："开步跑。"

队伍迈着疲沓又沉重的脚步，向前跑去。不一会儿，就隐进了夜色中。

三

表姐自从参加了大队的样板戏宣传队，人整个变了样，天天歌声不断有说有笑的。那一段时间，表姐很年轻，也很快活。

表姐每天回来得很晚，我盼着表姐早些回来，表姐一回来就会给我讲好多宣传队里的故事。每天晚上，我坐在大姨家门前的土堆上，听远处河塘的青蛙声，数天上的星星。数这些时，我仍忍不住一遍遍地望大姨家门前那条小路，表姐每次回来，都是从那条小路上像一阵香风地走来，每次表姐回来，我先看到两条黑影，那两条黑影走在小路上离得很近，低着头，瞅着自己的脚尖，一步步向我这里走来，我一看见那两个黑影就在土堆上立起身，表姐就看到了我，那条黑影就立住脚，又冲表姐说句什么，招一招手就走了。表姐便甩着一条长辫子很好看地向我跑来，然后张开双臂，用她那温暖又有弹性的胸怀把我抱下土堆，我非常留恋表姐的胸怀，表姐抱我的时候，我不仅可以闻到从她衣领和胸怀里散发出的那种雪花膏气味，还有一种让我浑身上下麻痒痒的感觉。每次表姐把我从土堆上抱下来，我都深吸几口气，让那股说不清楚的香味深深地钻进我的鼻子里。

那天晚上，我又在等表姐，我又看到了小路上那两条黑影很快分手了。表姐也看到了我，但表姐没像以往那样甩着长辫子轻盈地跑过来，而是垂着头，很慢地向我走来，走到近前她也没像往常那样把我抱下来，而是停住脚，抬起头看我一眼。星光下，我看见表姐的眼里闪着泪花。我叫了一声："姐。"

表姐没有答，伸出一只手把我从土堆上拉下来，领我回到屋里。我见表姐不高兴，没再缠着她讲故事，溜到表哥身旁躺下了。表姐一走进自己的小屋便"砰"的一声把门关上了，不一会儿传来表姐压抑的哭声，又过了一会儿，大姨走进了表姐的小屋，不知对表姐说了些什么，表姐的哭声更响了。我又听见大姨父也爬下炕，卷起纸烟一口口地抽，不一会儿，辛辣的烟味就充满了屋子。大姨父干咳着。

表姐仍哭个不停，大姨在小屋里说个不停，大姨说话的声音很小，我听不清。大姨父终于沉不住气了，小心地敲敲小屋的门问：“他妈，孩子是啥事？”大姨父叫大姨总是说孩子他妈。大姨在小屋里没好气地说：“没你的事，待着吧。”

“嗯哪。”大姨父说完又躺在炕上。

不知过了多久，终于听不到表姐的哭声了，大姨才从小屋里走出来。不一会儿，我又听到大姨小声地和大姨父说了几句什么，大姨父就深深地叹几口气说：“是我连累了你们，当年我咋就没饿死。”

“睡你的吧。”大姨呵斥着大姨父。

于是就没了声息。我不知道表姐受了什么委屈，想着想着就睡着了。半夜里我被一种奇怪的声音惊醒，是一种手掌击在脸上的那种声音，那种声音响的同时还有大姨父在咒：“打死我，打死我，打死我这个不争气的。”

接下来就听到大姨怒斥的声音：“你也是个人？作践自己顶屁用，有本事你去死吧。”

大姨这么一说，那种声音就没有了。那一夜我好久都没有睡着，不知家里一夜之间出了什么事。半夜里我起来去厕所，看到大姨父蹲在院子里吧唧吧唧在抽烟，烟头一明一暗地在眼前闪烁着。

转天早晨吃饭时，我看见大姨父的两腮红肿着，一夜之间，人似乎老了几岁。表姐没有吃早饭，大姨父也只喝了几口汤，便扛着锄头下地做活去了。我听到大姨长长地叹了一口气。

从那以后，再也没有见到表姐晚上去排练样板戏，后来我才知道，表姐是因为大姨父的问题被大队书记吴广泰从宣传队里开除了。那时我还是第一次听说大姨父有问题。

大姨父当过八个月国民党的兵，大姨父是解放长春前不久被国民党抓的壮丁，大姨父被抓去不久，解放军就包围了长春。围困长春时，就是父亲那支部队，那时父亲已经是团长了。记得后来看过一部黑白影片，名字叫《兵临城下》，拍的就是解放长春时的事。被困在城里的国民党拒不投降，解放军一时又没有能力攻打长春，怕毁坏城市，同时也怕伤了无辜。那一围困就是几个月，城里没了吃食，国民党用飞机往里空投粮食，抢粮食的人被踩死无数，饿死的人更多。几个月过去了，长春守敌终于无望了才投降，大姨父也被解放出来。后来大姨父说，他当了八个月国民党的兵，没放过一次枪，只抢过几次粮食，那次抢粮食差点儿被踩死。

不管怎么说，大姨父当过国民党的兵，人们都记着那段历史。刚开始，人们还没有找过大姨父的麻烦，“文化大革命”一开始，大姨父晦暗的日子就来了。

大姨父经常挨斗，和地主富农坏分子站在一起头上戴着纸糊的高帽子，弯腰低头地站在批判他的人们面前。以前我和表哥一直不知道姨父挨斗的事。每次大姨父挨斗都在晚上，大队召开批判大会时，先有一个民兵来到大姨家，敲敲窗子说：“老安头，晚上去开会。”这时大姨父诚惶诚恐地说：“嗯哪。”大姨父这时从碗沿上抬起头很快地看大姨一眼，大姨的脸上没有表情。大姨父几口吃完饭就出去了。

吃完饭，只要大姨父去开会，大姨就对我和表哥说：“麻溜进屋去，黑灯瞎火的别往外跑。”我和表哥都很怕大姨的，听大姨这么说，都不敢出屋，坐在油灯下写作业。

大姨父每次去开会很晚才回来，每次回来，大姨父都要趴在炕上一动不动，这时大姨就会给大姨父捶腰。大姨父在大姨的捶打下，不停地唉声叹气，这时大姨就咒：“屁大的事，看你这个没出息的样儿，还是个男人，有血性就死去。”

我每次听大姨咒大姨父就是这几句话，后来大姨父真的死了，是喝那种烈性农药敌敌畏死的。后来我一直怀疑大姨父是大姨咒死的，直到很久以后，我才弄明白，大姨父一辈子也没有做过男人该干的壮举，只有他的死可以说算是一种男人那种忍辱负重的壮举。

我和表哥发现大姨父戴着高帽子挨斗是后来的事。那次，我们学校突然通知下午要召开批判黑五类大会。我们小学生不知道什么是黑五类，反正通知开会就开会。

开会时，我和表哥都看到了大姨父站在黑五类的人群里，头上戴着高帽子，腰弯得不能再弯了。大姨父在整整两个小时的批斗会中，腰弯得最低，头深深地埋在裆里，一次也没有抬起过。也许他知道我和表哥都在看他，他怕我们俩难为情。

那次表哥一看见大姨父也站在黑五类的人群里，先是脸红了，我的脸也红了。表哥一直低头不看任何人，表哥脸红过之后就是惨白。后来表哥哭了。

放学回到家里，表哥一句话不说，也不看大姨父一眼，大姨父似乎做错了什么事，也不敢看我和表哥一眼，只是闷着头吃饭。

一连几天，表哥一直不理大姨父，这些大姨早就看出来了。一天在饭桌上，表哥又闷着头吃饭，大姨把碗重重一放，冲表哥骂：“你个小没良心的，还有脸皮子，他是你爹，养你这么大，你就知道有脸皮了?”大姨又瞅一眼大姨父，又盯一眼表哥说，“你爹就是杀人犯也是你爹。”说完扬手打了表哥一记耳光，又说，“我让你记住，是你爹把你养大的。”

表哥那顿饭没吃完就放下筷子哭了，大姨父也没有吃好。那以后表哥又和大姨父说话了。

表姐去宣传队以前，大队书记吴广泰当然知道表姐是大姨父的女儿，他让表姐去有他的打算。吴广泰有一个缺心眼的儿子，已经三十来岁了，天天拖着个鼻涕，在村里转来转去，冲过来的大姑娘小媳妇嘿嘿傻笑。小的时候是这样，大一些时每看到女人在他面前经过，他都要跑过去扒人家的裤子。时间长了，女人们见了他就像见了瘟神一样，远远地躲开了。三十大几的人了，没有人敢给他提亲。

书记吴广泰看上了我表姐，想到表姐的出身攀上他吴广泰会心满意足，表姐在宣传队排练时，吴广泰就把我表姐叫去说了，表姐一口回绝。

吴广泰一气之下便以我表姐出身不好把她开除了宣传队。

表姐的悲剧从这里便开始了。

大姨家的日子也从此蒙上了一层灰色，如花儿般的表姐虽然活着，心却已经死了。

四

我在大姨家为表姐不能演李铁梅而悲伤时，父亲、母亲和姐姐正在新疆一个叫石河子的农场里接受劳动改造。

父亲带着母亲和姐姐一来到农场，就被安排到一溜平房中间的小房子里。这个农场离石河子还有一百多公里，四面是茫茫的一片戈壁滩，风沙在戈壁滩上奔跑呼号。

这个农场的人，来自四面八方，什么人都有，有志愿军时做过战俘的，也有抗日时期做过汉奸的，还有贪污犯、腐化堕落分子。父亲母亲和姐姐就住到了这里。

姐姐上学在离农场五里远的一个叫沙岗巴的地方，姐姐每天上学时，都要穿过五里路的戈壁滩，顶着风沙，一步一步摇摇晃晃地走向学校。那一年姐姐上小学四年级。

姐姐上学的那所学校是当地一个石灰场办的子弟小学，父亲所在的劳改农场没有学校，劳改子女都到石灰场办的小学里念书。

劳改农场里没有院墙，几溜平房周围是一圈铁丝网，铁丝网到晚上时就通上电，有风沙吹过的时候，铁丝网上有很美丽的蓝色的电火花闪动。铁丝网中间开了一个门，门口有一个铁皮做成的岗楼，里面有兵看守。

姐姐每天上学时，就从那个大铁门口出入，姐姐生得细皮嫩肉，每天她冒着风沙上学，迎着风沙走回来，没多长时间，脸上和手上就裂开了许多小口子。母亲看到了，眼圈就红了，拉住姐姐的手，左看看右看看，姐姐怕母亲难过，就说："没事，一点儿也不疼。"

母亲想不出更好的办法治疗姐姐脸上和手上的伤口，便从农场的小卖部里买回散装的雪花膏一层层地涂在姐姐的脸上，劣质雪花膏涂在姐姐的脸上，姐姐就像化过装的演员，白着脸，走出有警卫把守的大门去上学。

那时晚上，父亲经常被召集到场部的会议室里开会。家里只剩下母亲和姐姐。姐姐伏在饭桌上写作业，母亲坐在灯下望着窗外，戈壁滩上没有风沙的夜晚很宁静，宁静得似乎这个世界死去了。月亮悬在头上，把惨白的月光很亮地洒在地上。母亲就坐在床上望那惨白的月光，思念远方的我。想着想着，母亲的泪就流下来了。姐姐写完作业时父亲还没有回来，姐姐就看见了母亲的眼泪。姐姐很懂事地走过去，坐在母亲身旁，也去望窗外，看见了窗外那惨白的月光，姐姐就知道母亲在想我了。

姐姐就冲母亲说："妈，我给你唱支歌吧。"

母亲没说什么，仍望着窗外。

姐姐就唱了：

让我们荡起双桨，
小船儿推开波浪。
……

姐姐童稚的歌声挤出小屋，在很白的月亮地里飘荡。母亲这时就擦干眼泪，深深地望着姐姐，半晌才说："媛朝，快点儿长大吧，长大了就能照顾你小弟。"

姐姐"嗯"了一声，便不再唱了，痴痴地望着天上。姐姐很小的时候就听妈妈讲过，地上的人都能在天上的星星里找到，每个人都有一颗属于自己的星星。姐姐在找天上的星星，她在找属于我那一颗，最后她在遥远的天边终于找到了一颗，她后来固执地把那颗星星当成了我。姐姐在以后的夜晚，便给我写信，告诉我她每天晚上都要望那颗星星，看见了星星就看见了我……我看着姐姐的信，哭了。

以后的日子里，在东北的天际里我也找到了一颗星，我也把那颗星当成了姐姐，还有妈妈和爸爸，那三颗星离得很近，离我却很远。

姐姐上五年级的时候，农场里又新来了一户，那一户有一个小男孩，叫小龙，和我同岁，上二年级。小龙来后不长时间的一天早晨，小龙母亲拉着小龙出现在我家门前，对母亲说："这是我儿子，他还小，想让你家媛朝带他去上学。"

这时姐姐走了过来，看到了比她低半个头的小龙，便伸出了手。母亲还没有说话，姐姐就拉着小龙走出了警卫站岗的大门。

从此姐姐上学时有了伴。有风沙吹起的时候，姐姐就牵着小龙的手，两人低着头，看着脚下光滑的卵石一步步向学校走去。放学时，两个人又一起走回来。每天上学时，姐姐吃完饭，背起书包就去喊小龙。

小龙是个大眼睛男孩，长得白白净净，腼腆得像个小姑娘。小龙刚来不久，脸上、手上也像姐姐刚来时那样，裂了一道道口子，姐姐知道那些口子很疼，便抚摸小龙的头，用舌头去舔小龙的脸，小龙疼得直吸气，泪就流下来了。姐姐舔到了眼泪，便不再舔了，拿出自己用的雪花膏往小龙脸上抹。

姐姐在上学的路上告诉小龙，自己也有一个像他这么大的弟弟，在很远很远的东北一个叫大兴安岭的地方。姐姐说话时，满脸都是柔情。

小龙也告诉姐姐，在很远很远的一个叫上海的地方他也有一个姐姐，他告诉姐姐，他很想远方的姐姐。姐姐这时眼圈就红了。姐姐半晌才说："以后你就叫我姐。"

"你就叫我弟。"小龙说。

在新疆那个叫石河子的地方，从此，姐姐有了一个叫小龙的弟弟，姐姐有了一个小伙伴。

小龙还告诉姐姐他外公在一个叫台湾的地方，他没见过外公，他们却因为外公来到了这里。小龙没事时，就对姐姐讲上海的事，上海有个城隍庙，那里可好玩了，有各种各样的小吃，他和小伙伴就在城隍庙里捉迷藏，累了，他们就用二分钱换一块糖吃。小龙说到这儿就苦着脸对姐姐说："姐，我好久好久都没有吃到糖了。"

姐姐就说："慢慢长吧，等长大了，我们就回家吃糖。"

小龙就点点头。

小龙从上海带来了一个花皮球，皮球上有红绿相间的彩条印在上面。放学回来时，小龙就和姐姐拍皮球玩。

小龙玩拍皮球时有一首儿歌，小龙边拍边说：

你拍一，我拍一，
长大我去开飞机；
你拍二，我拍二，
我的朋友千千万；
你拍三，我拍三，
当兵去打帝修反；
……

姐姐边拍边说：

亚非拉小朋友，
革命路上手拉手，

手拉手去看齐，

共产主义是友谊，

……

晚上姐姐就带着小龙坐在窗外的沙地上，看着天边那颗遥远的星星说：“那是我的小弟弟。”

小龙也指着南方天际上一颗星星说：“那个是我姐姐。”

夜晚里，一个男孩和一个女孩就望着不同方向的两颗星星，思念远方的亲人。

那一天晚上，姐姐正和小龙在窗下拍那只花皮球，突然起风了，小皮球被一阵风刮得到处跑，姐姐和小龙一起去追那只小皮球，皮球蹦了蹦就没有了。小龙一边找一边哭着说：“姐，皮球没有了，咱们拿什么玩呢？”

小龙刚说完这句话，一抬头，在月光下看到小皮球已经被风刮到铁丝网外面去了，叫了一声：“姐，我看到了。”说完猛跑过去。姐姐一惊，她知道铁丝网上有电，电会打死人的。可是已经晚了，姐姐凄厉地喊了一声：“小龙——”一道耀眼的蓝光之后，小龙一头栽倒在铁丝网下，他没有来得及叫一声，在那道蓝光中像一只小鸟一样被击落了。

警卫战士发现了情况，拉掉了电闸，可是已经晚了，小龙瘦小的身子焦煳地趴在那里，他的一只手还往前伸着，伸向小皮球的方向……

小龙被埋在铁丝网外的一片沙丘中，姐姐每天上学都能看到小龙的坟头。小龙被埋掉那一天，姐姐去了，她把那只小皮球放在小龙伸出的那只手上，小龙拿不住，皮球滚到一边，那只手固执地伸着。姐姐就哭了，她后来还是把小皮球塞到小龙衣服的口袋里。那一天，姐姐也没吃饭，她直看着小龙的坟头。

姐姐每次路过小龙的坟前时，心都像小皮球那样跳一跳，这时姐姐就想到了我。

姐姐失去了小龙，晚上的时候，她就一个人坐在窗外的沙地上，看远方的星星。

“你拍一，我拍一，长大我去开飞机……”

小龙的声音又一次在姐姐的耳边响起。

第六章

一

爷爷一拳打死了日本浪人，带着二十几个穷苦出身的长工连夜向疯魔谷走来。那时爷爷和二十几个长工赤手空拳，没有任何武器。那些长工长年累月用惯了手里的锄头、铁锹，于是在路上每个人手里都拾了一根握在手里硬邦邦的棍子。当时，就是这些手握木棍的长工横穿疯魔谷，轰动一时。

大兴安岭的深处，树木茂密的山脉上，有一条深不见底的峡谷，峡谷不宽，似刀砍斧凿，人们经常会听到疯魔谷里似狼哭似鬼嚎的哭声，声音响起的时候很闷，从峡谷深处由远至近地滚来，整座山脉都在颤抖，脚下的山石吱吱呀呀，整个世界似乎要在顷刻间毁灭。峡谷上的森林树木也在狂风中颤抖。

早年的某一天，一群从山东逃来的汉子走进了大兴安岭，他们来到大兴安岭是为了淘金发财，那群汉子在疯魔谷口发现了一条粗大的金脉，欣喜若狂，一群人做着发财梦走进了疯魔谷，走进去不长时间，疯魔谷便开始咆哮了，山在抖，地在抖，山外也刮起了大风，那场大风刮得遮云蔽日，天昏地暗。大约一个时辰之后，风平浪静了，云开雾散，太阳和煦地照耀在峡谷两旁的树林里，鸟儿们在树林里啁啾歌唱，那群山东来的淘金汉子再也没有出来。

刚开始，疯魔谷周围还住着一些猎户，从那以后，猎户们一夜之间都搬走了。留下了空空荡荡的山、狰狞可怖的疯魔谷。

爷爷带着二十几个长工，来到了疯魔谷，他们选择了疯魔谷这块风水宝地，无疑是个很聪明的举动。疯魔谷固然凶险，可山外周家和周家以外的敌人，不敢贸然进犯疯魔谷。这就是爷爷当年非常聪明的选择。

二十几个长工在爷爷的率领下埋锅造房，在疯魔谷附近扎下了营盘，他们手持棍棒，开始了猿人般的生活。刚开始的时候，他们以打猎为生，像猿人那样架起柴火烧烤猎物，偶尔也下山去吃一次大户。他们都是附近的农民，对山下谁家穷富了如指掌，他们一起下山，埋伏在村庄左右，先派一个人前去下帖子，帖子上写着几日几时，准备好东西若干，届时不候。落款是棒子队。虽然爷爷一拳打死日本浪人，人们知道棒子队的首领是爷爷，但那些大户却不把爷爷他们这些长工放在眼里。帖子下去了，大户家高兴了，有时给几只鸡，给一袋面，像打发有组织的要饭花子一样把爷爷他们打发走了。爷爷他们那时胃口并不大，有吃的就行。也有不理爷爷他们茬儿的，帖子上写的时间到了，只送来一只面口袋，那里面并没有放什么东西，也留下一封信，痛骂爷爷他们这些土匪。

余钱这时就撺掇爷爷说："不像话，杀死他们。"

爷爷并不想杀死他们，他让余钱绕到大户家门后的柴火垛里去放火，放火的时候都在晚上，爷爷一声令下，余钱便点燃柴火垛。东北的农村到现在仍流行着垛柴火，把秋天的禾物和一些准备好可充当烧柴的树木码成一垛，大雪封山时，这些都是取暖的东西。

大火一烧起来，大户人家就扯着脖子喊："不好了，着火了，快来救火呀!"

全村人都起来帮助救火时，埋伏在周围的棒子队也随着救火的人冲进去，他们不是救火，是趁乱抢东西，他们撞进屋里，看见什么值钱的拿什么，拿完就连夜跑到山里。

一时间棒子队的名声很坏，富户们要联合起来清剿驻在山里的棒子队。

这时间，更多的日本浪人都涌到了大兴安岭一带，他们看好了这块风水宝地。他们听说了疯魔谷，不仅听说了疯魔谷的凶险，同时也听说了疯魔谷里有一条挺粗的金脉。日本浪人们组织在一起，要到疯魔谷里探险。

爷爷他们的棒子队得到这个消息时，都骂开了。

余钱就骂："他妈的，小日本，想抢老子的地盘了。"

二狗子就说："杀，杀死他们。"二狗子那时被日本浪人打的伤已经好了，又膀大腰圆地站在了那里。

我爷爷很冷静，召集棒子队所有的人开了一次会，日本浪人想要来疯魔谷，这是对他们的一种挑战，如果说日本浪人走出了疯魔谷，那么他们将不会有立足之地了。二十几个壮汉就在爷爷的窝棚里很快达成了一致的协议，在日本浪人来疯魔谷以前，自己首先要走一遍疯魔谷。他们为了赶在日本浪人之前征服疯魔谷，说干就干，又下山吃了一次大户，要来了足够的馒头和咸肉带在身上，又拿起了棒子，在一个黎明走进了疯魔谷。

他们绕路找到了疯魔谷口，先是涉过一片湍急的激流，又走过一片乱石岗子，突然他们眼前一黑，头上只剩下了一线天，陡峭的峡谷里阴森恐怖，峭壁的石头上长满了滴水的青苔，头上的天很窄很遥远。走着走着乱石就多了起来，峡谷也宽阔了起来，走了一上午，他们也没有发现什么异样，便找到一块平坦宽阔的地方坐下来，吃起了背在背上的馒头和咸肉。他们吃完这些，甚至还唱了一首艳情的歌，然后手拄木棍大咧咧地向前走去。

突然，他们看见沙石地上那堆散乱的骨头，他们猛然想起了几年前那群山东来的淘金汉子。他们还没有回过神来，由远及近传来一声似巨兽样的嚎吼，接着整个峡谷颤抖起来，顿时狂风乍起，整个峡谷如黑夜一般，他们对面看不见人影。余钱这时叫了一声："大哥——"就抱住了我爷爷的后腰，我爷爷也抱住了余钱，两个人在峡谷里滚动，后来两人相拥相抱着躲到一块巨石后便不动了。

峡谷里飞沙走石，石头的击打声、人的惨叫声、狂风的怒吼声搅成了一团，爷爷和余钱晕死了过去。不知过了多长时间，当他们醒来的时候，峡谷里又恢复了宁静，爷爷看到余钱仍然昏死在那里，一条腿被一块石头压住，血水正在向外渗着。爷爷大吼一声，搬起那块石头，把石头推翻，背起昏死过去的余钱。这时远远近近没死的人都爬了起来，哭丧着脸，刚才的一切，似乎是他们做的一个梦。他们相互搀扶着，踉踉跄跄地走出了疯魔谷。星星满天的时候，他们回到了山外。二十几个人，只出来了十九个，有很多人的身上都带了伤。

爷爷一直背着余钱，是爷爷救了余钱，在以后的日子里，爷爷为余钱煎汤熬药，直到余钱伤好，从此余钱跛了一条腿。跛了一条腿的余钱跪在了我爷爷面前，声泪俱下地说：“大哥，我这条命就是你的，日后只要你需要我，说一声，兄弟就是死也心甘情愿。”

余钱是这么说的，也是这么做的。在以后的日子里，余钱在我爷爷和奶奶故事发展之间起到了重要的作用。

山上只剩下了十九条好汉，在以后的日子里，十九条好汉又各奔东西。

爷爷他们惨败疯魔谷没多久，一支日本浪人组成的队伍走进了疯魔谷，那几日，十九条汉子手握棒子严阵以待。他们随时防备着走出疯魔谷的日本浪人朝他们扑来。

一天过去了，两天过去了，一连一个月过去了，疯魔谷发作了一次又一次，他们再也没有看到那群日本浪人从疯魔谷里走出来。

十九条汉子确信日本浪人再也不会走出疯魔谷了，他们在山上开始欢呼了，蹦着跳着，后来他们又一起哭了，哭了之后，他们又一起肃穆地朝疯魔谷跪了下去。

他们记下了疯魔谷——

他们再也忘不掉疯魔谷了——

二

辽沈战役开始的时候，父亲已经是营长了。父亲的部队从黑龙江的海林县威虎山的脚下休整完毕往锦州进发，那时部队的人很多，分几路纵队昼夜兼程，部队开到吉林一个叫公主岭的地方已经半夜了。父亲骑着马，看着眼前疲惫的队伍便发出命令：“队伍在前面那个大屯子里过夜。”那时的公主岭还很小，有一条铁路是日本人修的，构成了连接沈阳和哈尔滨的运输线，公主岭就坐落在铁路旁，只是一个大屯子般的模样，后来是县级市了，盛产黄豆和玉米，每年上交的公粮在全国的县市中占首位。那时东北部队的重要目标是攻打交通要塞的主要城市，像锦州、沈阳、长春等，其他一些偏远小镇还没放在眼里，那里还有一些零散的地方组织起来的保安队，他们不属于国民党正规部队，却吃国民党的俸禄，为国民党卖命，大都是本乡本土的混子，组织在一起，其实是一些乌合之众。

这些保安队并没有把解放军部队放在眼里，他们想这次仍和往次一样，气汹汹地来了，打几枪打不赢就跑了。每次部队过往时，都没有惊动他们。

驻扎在公主岭的保安队长叫乌二爷。乌二爷手下有几十人，国民党配发的枪支，有足够的弹药，屯子外过部队时，乌二爷没敢大意，集合了全部的人马分三班，轮流放哨，自己躲在塔楼里和新娶的小妾鬼混。

夜半时分，我父亲的部队就开进了公主岭，乌二爷的保安队发现了，先是打了一阵排子枪，走在前面的几个解放军就倒下了。有一颗子弹贴着我父亲的头皮“嗖”的一声飞过去，吓得我父亲出了一身冷汗，他没想到这里还有国民党部队。他跳下马背，把缰绳扔给跟随在后面的警卫员，拔出腰间的枪，一挥手，部队就散开了，接着就相互射起来。黑暗中父亲看到有几个士兵倒下了，很恼火，大战尚未开始先损兵折将，这很不吉利。其实我父亲下一道撤的命令也就撤了，绕开走也就没事了。父亲眼睁睁看到十几个弟兄倒下了，他想不能白白让这些王八蛋占着便宜，一挥手招来司号员，说：

"吹号，冲锋。"

号声就响了，嘹亮的号声划破黑夜，伏在地上射击的解放军听到号声喊着冲了上去。屯子里只有几十个保安队员，又没有经过正规训练，他们一听到号声就知道坏了，碰上了解放军的正规部队，有的扔下枪跑了，有的趴在那儿不敢动弹。父亲的部队轻而易举地占领了公主岭。父亲的部队冲进保安队院子里时，红了眼的父亲仍命令士兵开枪，除十几个躲在暗处的幸免之外，其余的全部被打死了。我父亲这么做有些背离解放军对待俘虏的原则，每当战争打响时，他看到死人就失去冷静，忘记了原则。

部队冲进保安大院时，父亲亲自带着几个战士冲进了塔楼，塔楼上乌二爷和他的小妾没想到解放军会这么快就冲了进来。两个人没来得及跑掉，躲在炕柜里。父亲一冲进塔楼就看见了那炕柜，用手一指，一个战士就冲过去，拉出了浑身上下赤条条的乌二爷和那个打扮得小妖精似的妓女。

父亲命人点燃了油灯，灯光下父亲看到了乌二爷，秃头大脸，一身肥肉。父亲认出乌二爷时一怔，他小的时候见过乌二爷，乌二爷那时不叫二爷，叫乌二，是和爷爷当年一起上疯魔谷的长工，后来日本人来了，爷爷带着棒子队的人投奔了赵尚志的部队，乌二就跑回了大屯镇。

赵尚志的部队被日本人打散后，爷爷逃回了家守着奶奶小凤，后来父亲记事时，乌二去看过我爷爷。那时乌二趁乱又拉起了一支队伍，他不打日本人，专打穷人。乌二那次跪在爷爷面前，被爷爷打了两个耳光，爷爷咆哮着冲乌二说："乌二，回家过日子吧。"乌二什么也没说，跪了一会儿走了。父亲没有想到在这里碰上了乌二，父亲知道乌二在大屯镇是有家小的。

此时乌二顾不得穿衣服了，他腆着肚子跪在父亲脚下不时地冲父亲磕头，边磕头边说："长官我错了，我错了。"

父亲一脚踢在乌二的屁股上，怒喝着说："你看我是谁!"

乌二抬起头，他当然认不出我父亲了。父亲冷笑一声说："乌二，你个怕死鬼，跟我打仗去。"父亲还念着乌二当年随我爷爷一起上疯魔谷的壮举，他想打死乌二的瞬间突然改变了想法。乌二见自己抓到了一条救命稻草，忙磕头说："是，长官，我随你们走。"

我父亲命令乌二穿上衣服，又冷冷地看一眼缩在墙角那个妖精似的小妓女说："大屯镇不有你的老婆孩子吗!"乌二此时大脑已经迟钝了，他没反应过来面前站着的长官会知道这些，便连连磕头说："是是是，我老婆叫苦花，儿子叫傻柱。"

父亲把枪扔到乌二面前，冷冷地说："打死她。"

乌二抖索着身子，直愣愣地看着我父亲。父亲从身旁一个战士的怀里抓过一支长枪，"哗啦"一声推上了子弹，枪口冲着乌二，道："你不打死她，我就打死你。"

乌二翻一下眼皮，颤抖着手抓过面前的枪，哆哆嗦嗦地冲着那个女人，此时那个女人早就吓晕了过去。父亲等不及了，怒喝一声："开枪。"

乌二的枪响了，却没打上，子弹打在墙角上，震落几块墙皮。父亲的枪响了，子弹贴着乌二的秃头飞了过去，吓得乌二趴在地上。父亲又大喊一声："乌二，再给你一次机会。"

乌二又举起了枪，闭上了眼睛。枪响了，女人动了一下，一缕乌黑的血从女人的乳房上方流了下来。

父亲说了一声：“走。”几个战士架着乌二走出了塔楼。

父亲刚开始把乌二编在班里，乌二打仗时跑不动，拖了全班的后腿，父亲后来又让乌二去炊事班烧火、送饭。

著名的辽沈战役中的塔山阻击战打响时，父亲那个营的主阵地不在塔山，而在距塔山南二十公里的笔架山上，战斗没有塔山残酷，却也不轻松。全营的人马都坚守在阵地上，炊事班一天往山上送两次饭。早晨送饭时，全营还有二百多人吃饭，到了下午，全营只剩下七十几人了。父亲打红了眼，乌二挑着送饭的担子来到了阵地上，父亲也没顾得让战士们去吃，他已经忘记了吃饭，一会儿打一阵机枪，一会儿扔几颗手榴弹。

突然父亲的后背被什么东西击了一下，使他趴下了，他趴在战壕上的一瞬间，明白过来了，这一枪是从后面射来的。他不明白敌人怎么跑到身后去了，大喊一声“不好”，就举枪转过了身。他转过身就看见了乌二，乌二正举着枪向他瞄准，见他转过身，拔腿就跑。硕大的光头一闪，父亲什么都明白了。父亲的枪响了，乌二的光头裂开了，似盛开了一朵花，瞬间就凋落了。

乌二时时铭记着对父亲的仇恨，是父亲让他失去了一切，父亲杀死了他的小妾，他随父亲来到了部队一直在寻找机会报仇，此时，他终于看到了希望，便从地上拾起一把战死的士兵留下的枪，朝父亲开了一枪，他准备打第二枪时，父亲击毙了他。

那时父亲伤了，子弹差点儿击中心脏，在离心脏十二厘米的地方穿了过去。父亲捡了一条命，住了两个月医院。

通过那一次，突然父亲一下子明白了很多，父亲在以后的战争中从不心慈手软，该杀的杀，不该杀的也杀。他在杀人中能体会到一种快感，看到鲜血从敌人的胸膛里喷射出来，他的心就莫名地战栗飘摇，他似乎看到了自己的一种意志在眼前开花结果。

父亲渴望杀人，渴望战争。

三

表姐为宣传队事件难过一段时间之后，突然又有说有笑起来。

表姐每天出工回来之后，匆匆地吃完饭，然后就把自己关在那间小屋里梳洗，表姐边梳洗，嘴里还哼着李铁梅的唱腔。梳洗完的表姐，容光焕发地就出去了。大姨就冲表姐的背影问："莉莉，干啥去?"表姐回了一下头说了声："妈，我出去一下，一会儿就回来。"大姨鼻子就哼一下。大姨父就一脸内疚地冲大姨说："你就让她出去吧，孩子大了，闷在家里，憋出个啥病来。"

这时表姐已经甩着她那条长辫子走出了家门。那天我看见表姐辫子后面还系了一截红头绳。

那天有月光的晚上，我和表哥去生产队的场院玩藏猫猫，刚入秋，地里的稻谷收割完了，拉到场院里码成高高的一垛又一垛，场院大部分空地上是光溜溜的一片，我和表哥还有一些孩子在场院里疯跑。

后来我就钻到了一垛谷堆后，等表哥他们来找我。场院里月光如水，只有高高的谷堆后面投下一片阴影，我看着表哥他们朝这里走来，为了不让他们找到我，便努力地往谷堆里面钻，这时我才看清，谷堆里面有两个人在抱成一团，我有些慌，不知那是两个什么人，我又往前迈了一步，看见一条粗粗的辫子躺在草上，辫梢后面还有那截红头绳，我意识到了什么，拔腿就跑。

那一天晚上表姐很晚才回来，表姐一进门我就闻到了一股谷草的清香，表姐的脸红扑扑的，我望了一眼表姐，表姐的脸更红了，她摸了一下我的头躲到她那间小屋里去了。

以后我们再到场院去玩，我再也不躲到谷堆后面去了，我知道表姐在那里。表姐每天仍回来得很晚，每次回来，我都能嗅到那熟悉的谷草的清香。有一次我走到表姐身旁，拼命地抽动鼻子，那香味很令我陶醉，表姐发现了就爱抚地拍了一下我的头，笑骂道："你这个小馋猫。"我也笑着逃离了表姐。

我知道表姐每天晚上都去等马驰，站在大队部门口的岔路上等，马驰他们排练完节目就从那岔路上走过来，然后两个人走到场院谷堆后面的阴影里。有几次我亲眼看见马驰和表姐迫不及待地走到谷堆后面。那里是他们的爱巢。表姐被爱情燃烧得红光满面，整天哼着样板戏的曲调。

深秋的一天中午，大队书记吴广泰突然来到了大姨家。在我的印象里，书记吴广泰到大姨家来还是第一次。大姨父正蹲在地上抽他那自卷的纸烟，一抬头见到了吴广泰，不知说什么好，反反复复地说："书记，你吃过了，嗯哪。"还是大姨冷静，用手抹一抹炕沿冲吴广泰说："书记你咋有空到我们家来了？"吴书记不说什么，四下里看一看。我表姐听到有人来，在小屋里探了一下头，见是吴书记，打声招呼就把门关上了。大姨父这时清醒过来，卷好一支烟，抖抖索索的双手举到吴书记面前，吴书记不接，笑一笑道："抽我的。"便从兜里掏出一盒烟卷抽出一支递给大姨父，大姨父一时怔在那里，接也不是，不接也不是，最后还是接过来，拿到鼻子下嗅了嗅，夹到耳朵后。吴书记吸了口烟，看一眼站在一旁的我和表哥说：“你们俩出去玩一会儿。”我和表哥就出来了。

不知吴书记在大姨家说了什么，半晌后出来了，大姨父一直把吴书记送到门口，边送边说：“吴书记，您走啦，嗯哪，走啦。”吴书记看不出高兴也看不出不高兴，腆着肚子，背着手，走了两步，回过头冲仍站在门口满脸堆笑的大姨父说：“你们考虑考虑。”“嗯哪，嗯哪。”大姨父不住地点着头，见吴书记走远了，才收起那笑容，笑容没有了，大姨父就苦着脸转身回屋去了。

吃饭的时候，一家人围着桌子谁也不说话，表姐一扫往日高兴的模样，白着脸，低着头。大姨父吃得没滋没味，饭还没吃完，就推开碗下炕了，蹲在地上吸烟，吐了口烟才说：“是我拖累了你们，都是我这个该死的没有死啊。”

大姨白了一眼大姨父，说：“莉莉才十七，咱不答应他这门亲事，人活的是一口志气。”

表姐的脸好看了一些，感激地望了一眼大姨，说：“反正我不答应。”

我听出了一些眉目，吴广泰今天来是为了他那个三十大几的傻瓜儿子提亲的。我一想起那个傻瓜就恶心，那个傻瓜经常脱光了衣服在太阳底下捉虱子，捉到一个扔到嘴里去嚼，嚼完了就低下头摆弄裆里那团黑乎乎的东西，然后就咧着嘴冲我们笑。后来我知道，吴广泰的老婆是他的表姐，这是近亲结婚的后果。可怜那个傻子，后来在马驰扒粪用的二齿钩下血肉模糊地惨死了。

我一想到那个傻瓜就说：“姐，不嫁那个傻瓜，傻瓜脏。”

表姐和大姨都冲我笑了。大姨说：“你姐谁也不嫁，留着给你讲故事。”

我听了，就笑了。

表姐晚上仍很晚才回家，表姐的脸上仍是满面红光。

秋忙过去了，场院里的粮打完了。忙碌了春夏秋三季的人们，一下子清闲下来。

宣传队被抽到公社搞会演去了。公社离我们这个屯子很远，演出队就住在那里。

表姐那几日就像丢了魂似的，不时地在小屋里进进出出。

一天，晚饭后，吴广泰站在大姨家门口冲我大姨父说：“晚上让你家莉莉去大队部开个会，青年工作的。”

表姐不是宣传队的演员了，却是屯里青年突击队的成员，以前表姐也经常去开会。那一晚表姐还是去了。

我不知道表姐什么时候回来的，我只在梦中被大姨的叫声惊醒，大姨用前所未有的惊恐的声音喊我大姨父：“小莉喝药了，快去叫车老板套车，送医院。”

我和表哥爬起来的时候，大姨已经抱着表姐走出小屋来到了院子里，我看到表姐衣服零乱，头发披散着，脸色苍白，眼睛紧闭，一股敌敌畏味儿。

那一晚我吓坏了，我怕表姐死去，车老板赶来车的时候，我也爬了上去，大姨慌乱中没有注意到我。

到了医院，折腾了好长时间，医生才说：“再晚几分钟就没救了。”表姐躺在病床上，仍紧闭着两眼，表姐此时和死人没有什么区别。

在公社礼堂演出的马驰也来了，他的脸上还画着油彩，还没化完，听到表姐出事了，就跑来了。他伏在表姐的面前，轻轻地叫了一声什么，表姐睁开眼睛，看见了马驰，马上又把眼睛闭上了，这时表姐苍白的脸上滚过一串泪水。半晌，表姐突然从病床上坐起来，拼命地揪着自己的头发说：“让我死吧！”

表姐回家的那几日，仍没断了寻死的念头，马驰没等演完就从公社回来了，白天陪着我表姐，晚上大姨和表姐睡在一起。表姐白天黑夜哭个不停。

当时我不知道表姐发生了什么事。只知道马驰在一个晚上，手提着一个扒粪用的二齿钩，摸进大队书记吴广泰的家里，把吴广泰和他那个傻儿子砸得血肉模糊。后来，我才知道发生了什么。

表姐那晚被吴广泰通知去开会，其实不是开会，他只通知了我表姐，表姐去了，吴广泰就把门闩上了，他把表姐按在地上，扒光了衣服，让躲在一旁的傻儿子强奸了我表姐。吴广泰提亲不成，就想出了这种办法，想把生米做成熟饭，让表姐答应这门亲事。

那几日，大姨父不吃不喝，一有空就抽自己的嘴巴子，边抽边说：“是我害了你们呀，是我害了你们呀。”大姨父直到把自己打得口鼻出血才住手。

马驰杀人后，便自首了。

枪决马驰那一天，表姐突然不哭不闹了，她把自己打扮了一番，脸上涂了一些胭脂，还梳了梳头。马驰从县里拉回到公社执行，马驰被剃成了光头，由两个公安人员推着，表姐站在人群的最前面，马驰经过表姐面前时，表姐喊了一声：“马驰——”

马驰看见了表姐，冲表姐笑了一下，便转过头被推走了。

枪响过之后，表姐呜咽一声就背过气去，大姨一直站在表姐身旁，她抱着表姐，表姐好半晌才醒过来。

回家的路上，大姨挽着精神恍惚的表姐走着。

大姨父也似傻了，痴痴怔怔地只说一句话：“该杀的是我呀！马驰替我死了。”

表姐没几天就疯了，疯了的表姐披头散发很吓人，她一次次跑出家门，呼喊着马驰的名字。

后来表姐被送到了精神病院，一年以后，表姐出院了。出院的表姐不哭不闹也不往外跑了，一天到晚只是痴痴呆呆地在屋里坐着，吃喝睡觉都得大姨喊她。

后来表姐被嫁到外县一个屯子里，娶表姐的是个哑巴，中年死了老婆带着个儿子的哑巴。

再后来，表姐掉到井里死了。

表姐去井台上担水，提满一桶水，再去提第二桶时，一头栽到了井里。得到这个消息时，大姨和大姨父都没哭，坐在那里麻木地望着窗外那条小路，每次表姐都从那条小路上走出去又走回来。

四

父亲在石河子农场改造的第一个项目是推车送粪。

车是独轮车，每三个人一组，从农场的羊栏里到红嘴口的麦地，往返一趟要走几公里。每天每车要拉十几趟。

和父亲一个组的另外两个人，一个叫刘大川，另一个叫胡麻子。刘大川当过国民党的营长，是河北保定人。平津战役的时候，刘大川被解放过来，后来回家种地，再后来又被送到这里。刘大川长得腰宽体胖，满脸的连毛胡子。刘大川当国民党营长时，有过老婆和孩子，平津战役打响的时候，刘大川带兵在前方打仗，老婆孩子留在天津，他一门心思惦记着老婆孩子，那时打仗的有老婆孩子的那些人，都惦记着老婆孩子，队伍刚一被解放军包围，那些当官的首先扔掉了枪，举起了双手。

刘大川解放过来没有参加解放军，主要是他惦记着老婆孩子。天津解放了，可他再也找不到自己的老婆孩子了。刘大川并没有死心，河南、河北、辽宁，凡是他能想到的地方，他都找遍了，也没能找到。后来全国解放了，他才死了那份心。那年月，死几个人是常事，可刘大川不相信老婆孩子会被流弹打死，他回了河北老家，没有再婚，他一直在等待，总想有一天自己的老婆孩子，会出现在他的眼前。他没等来老婆孩子，却等来了“文化大革命”。

胡麻子当志愿军时是连长。胡麻子所在的志愿军是六十军一八〇师，参加了第五次战役，部队抵达三八线，那时美国总统杜鲁门已下令撤销麦克阿瑟“联合国军总司令”的职务，由李奇微接任，并由詹姆斯·范佛里特接任美军第八集团军司令。那时美军已在三八线一带修筑了坚固的防御阵地。

四月份的一天，志愿军六十军一八〇师掩护伤员向北转移途中，陷入了美军的包围之中，志愿军指挥失利，一八〇师损失惨重。胡麻子就是那时被俘的。战争结束后，胡麻子作为战俘被交换回国，胡麻子的身上刺满了反动宣传口号，那些字是用针蘸墨水刺在肉里的，洗也洗不掉。回国后，胡麻子试图去掉身上的字，用刀刮、用火烧，那些反动字迹还是依稀可见，浑身伤痕累累。“文化大革命”一开始，胡麻子就成了一种说不清楚的人，也被送到了新疆。

我父亲和这两个人一组就往返于羊栏和麦地之间推着独轮车送粪，组成了一幅幽默的画面。我父亲来新疆前是军区副参谋长，不折不扣的共军，职务最高，驾辕的重担理所当然地落到了我父亲身上，刘大川居左，胡麻子在右，辅佐我父亲完成送粪的使命。

新疆初春的天气，风沙漫漫，早晨和晚上还冷得人直发抖，中午热得人连衣服也不想穿了。我父亲扶着车把走在中间，汗水已湿透了他那件浅黄色的军用棉袄，我父亲就把棉袄脱下来。这三个人中，只有父亲敢理直气壮地脱下棉袄，父亲的身上，伤痕随处可见，其中最醒目最刺眼的，要数乌老二打的那个黑枪，在背上结了一个大大的疤。刘大川和胡麻子身子也有伤，也许并不比我父亲的少，可两个人不敢脱掉身上的衣服，他们身上的伤是耻辱的象征。

我父亲打着赤背，暴露出浑身的伤疤，鼓起满身的肌肉奋力拉车，刘大川和胡麻子自然也不敢怠慢，弯腰驼背推着小车在风沙中艰难地前行。年近半百的父亲，没想到打了大半辈子的仗，最后被发落到新疆来拉羊粪。我父亲感到这是一种耻辱，有时一天也不吭声，他觉得自己不会下作到主动和国民党的营长和一个曾当过美国人俘虏的人讲话。

另外两个人自然也不敢和我父亲随便搭讪，他们知道自己的地位，怎么敢随便在一个指挥千军万马的军人面前造次。

父亲想不通一个将军是指挥千军万马重要，还是拉粪种麦子重要。父亲想不通就用劳动折磨自己，有时往返一趟他也不歇一口气，刘大川和胡麻子也不敢提出歇一歇，跟在后面呼哧呼哧地喘气，汗水粘在棉衣上黏黏的潮潮的，两个人吃力地推着满载羊粪的独轮车，抬起头就能看见我父亲光着的脊梁上流下的一串串汗珠，汗珠遇到了那些醒目的疤痕，颤抖着停顿一下，就落到了脚下的石头上。

两个人看到这一切时，心里就不由自主地打了一个哆嗦，他们敬畏的不完全是我父亲的官职，其实官职再大，现在你不也是得拉羊粪车吗？拉羊粪车的和推羊粪车的并没有本质的区别，最大的区别在于父亲那一身的伤疤，是伤疤和伤疤之间的一种区别，他们望着那一身伤疤不能不对我父亲另眼看待，伤疤是一种敬畏和威慑。

春季这段日子送粪很重要，贫瘠的戈壁滩上硬是开垦出一块有土的田地本身就不是件容易的事。要是没有羊粪作保证，麦子就不会得到很好的发育，没有麦子，一农场的人又吃什么？

农场的最高指挥官柴营长亲自督战，他奔波于各个独轮车之间，做着往返次数的登记，并不时地做一些精神鼓励。

柴营长捏着小本说："王五，加油啊，你这么好的身体不多干两趟？"

有时，大半天下来，我父亲这一组已经比别的组多拉了两趟羊粪了。有一段时间，柴营长一直不敢和我父亲正面接触，那是一种官职上的悬殊。抗美援朝时，柴营长只是一个排长，那时我父亲已经是师长了。我父亲沉甸甸的档案就在柴营长的办公室里锁着，他翻过我父亲的档案，每看一篇他就吓出一身冷汗。柴营长也弄不明白，一个军区的副参谋长为什么参与到那件事情中去。

他看见父亲光着脊背又一次出现在麦地里时，终于忍不住走过来，抓过腰上的一条白毛巾递到我父亲面前，他不敢正视我父亲赤裸的身体，只望着父亲的脚说："老钟，你们已经比别人多拉两趟了，歇歇吧。"

我父亲不说话，他也不去接柴营长递过来的白毛巾，拉出自己后腰上的，胡乱地抹一把，又塞到腰间。

柴营长抬头看了看汗流满面的刘大川和胡麻子，冲两个人挥了挥手，那两个人就走远了一些。柴营长望着我父亲那张没有表情的脸说：“钟师长，是不是给你换一下工作？”在以后的日子里，柴营长和父亲单独接触时，一直这么称呼我父亲，他觉得这样亲切。

我父亲望着麦地里已经运来的一堆堆羊粪说：“我挺好，这活儿我能干。”

柴营长便不再说什么了，无声地叹口气，丢下一句：“你多保重，师长。”便走了。

我父亲是硬撑着干这活儿，他身上那么多的伤，还有不少弹片留在身体里，他嘴上说自己行，可回到家里，便一头歪在床上，再也起不来。

这时母亲就端来早就烧好的热水，姐姐媛朝拿来毛巾，母亲脱掉父亲的鞋，脱去父亲沾满灰尘的棉袄，用毛巾一遍遍去擦我父亲的身体。这时姐姐媛朝就退出去。母亲一边擦父亲的身子，一边哭，泪水就扑哒扑哒地掉在父亲满是伤疤的身上，父亲仍不睁眼，他已经迷迷糊糊地睡过去了。

母亲这时放下毛巾伏下身，痴痴地望着父亲身体的每一个角落，然后把脸埋下去，去吻父亲的身体，包括那些伤疤。母亲一边吻父亲一边流泪。她想到了自从跟随父亲的每一幕生活场景。

是父亲的冷漠和凶悍使她爱上了父亲。母亲没有在父亲身上得到那种爱，可她仍固执地爱着父亲，用整个身心，甚至整个生命。这就是中国一名普通纺织女工的爱，是认准了十头牛也拉不回的爱。

第七章

一

爷爷在疯魔谷的日子里，越来越思念小凤，他思念小凤的一切。他晚上躺在窝棚里，望着漆黑的顶棚，眼前一次次闪现出小凤的形象。想到这儿，他突然意识到自己的一种悲哀，他想到了大户人家的吃和住，而自己住在简陋的窝棚里，他想到这儿的时候，猛然间意识到一个问题，那些大户人家也是人，别人能办到的事自己为什么不能呢？周少爷被他一铁锹打傻了，但小凤仍守在周少爷身边，他突然为小凤悲哀了。一个计划，在那一瞬间产生了。爷爷要把小凤从周少爷身边夺过来。

十八条汉子组成的棒子队，对爷爷忠心耿耿。爷爷说一不二，天亮的时候，他就派余钱下山了，他让余钱去周家看一看小凤从天津卫回到靠山屯没有。半夜的时候，余钱回来了，告诉爷爷，小凤和周少爷刚从天津卫治病回来。

爷爷一拍大腿，冲十八个兄弟说一声：“兄弟们，今晚给大哥办点儿私事去。”

其实爷爷不用说，这些人早就明白了，他们十八个兄弟占山为王，总觉得少了些什么，想了好久终于明白过来，原来少了一位压寨夫人。十八个兄弟早就替爷爷着急了，爷爷这么一说，大家都一致热烈响应。

众人坐在爷爷的窝棚里，说东道西，一直熬到转天早晨，太阳出山，一行人马手提棒子出发了。他们傍晚的时候来到了靠山屯，躲在河堤下面等待夜晚的降临。棒子队占山为王这么长时间了，这还是第一次组织抢人这样的行动。十八个兄弟都有些激动，一双双目光闪闪烁烁地望着爷爷，爷爷更是激动难耐，他想小凤都快想疯了，恨不得天马上黑下来，一步冲到小凤身边。

深夜的时候，十八条汉子在爷爷的命令下蹿了出去，他们有的给周家当过长工，没当过长工的，对周家也挺熟悉。余钱冲在最前面，迎面看到一条狗，挥起棒子朝狗头砸去，狗“哼”了一声便一头栽倒了。

爷爷带着余钱几个人一头闯进了周少爷和小凤的房间里，其他一些人则隐蔽在墙角观察动静。

爷爷冲进房间的时候，清晰地听见小凤尖叫一声，接着他看见一个黑影从炕上坐了起来，向躲在炕上的那个人扑去。他断定那就是小凤了。这时候，爷爷的心猛地颤抖了一下，他没想到，这种时候，小凤首先想到的是保护周少爷。爷爷想到这儿已经伸出了手，像老鹰捉小鸡似的把小凤从周少爷身上拉下来，他的手触到了小凤软绵绵的身体。爷爷颤抖了一下，一把把小凤抱在了怀里。小凤只穿了一件小背心和裤衩，爷爷冰冷的身体使她惊叫一声后马上清醒过来，颤抖着问："你们是谁，要干什么？"

爷爷抱着近乎裸体的小凤，早已神魂飘荡了，日也想夜也想的小凤就在自己的怀里，他恨不得一口把小凤吃到肚子里。但爷爷马上清醒过来，不能让小凤就这么走，一到山里会把小凤冻死的。爷爷清醒过来之后，说了声："是我，你快穿衣服。"经过一段时间的适应，小凤已经不那么害怕了，她从声音上判断出我爷爷就是打傻她丈夫逃到山里去的那个长工。此时小凤从心里涌起的仇恨已代替了恐惧，她在黑暗中眨着一双杏眼，仇恨地望着爷爷。爷爷见小凤坐在那里一动不动地盯着他，有些急了，身子伏在炕上抓过一堆衣服就往小凤身上套，小凤一口咬住了爷爷的一根手指头，爷爷"哼"了一声，他挥起了另一只手想打小凤，但那手却迟迟没有落下去。爷爷忍着剧痛，一声声地哼哼，站在旁边的几个人不明白爷爷为什么突然不动了。爷爷不吭气，他们也不好说什么，余钱说："大哥，快一点儿。"

人们听到"咔嚓"一声，爷爷左手的小指断了，小半截留在了小凤嘴里，爷爷疼得在地上打转，小凤在嘴里"嘎嘎吱吱"地嚼了两口，把那半截血肉模糊的手指吐到了地上。

爷爷已经来不及细想了，连同那堆衣服和小凤一起抱下了炕。这时那个傻了的周少爷哼哼哈哈地从炕上爬起来。余钱说了声："大哥，结果他算了。"说完提起棒子就要打。这时在爷爷怀里的小凤喊了一声："别打他，我知道你们是冲我来的。要打死他，我也死在这儿。"几个男人被小凤的话震住了，爷爷看看怀里已服服帖帖的小凤，便说："那就饶了他。"

小凤又从爷爷怀里挣扎下来，去穿衣服，穿完衣服，小凤从炕上跳下来，伏在傻子周少爷的耳边说：“尿盆在门后。”小凤自己走出房门。这举动令爷爷和几个男人有些吃惊。他们已经做好了背扛小凤的准备。

住在后面的周大牙听到了动静，披着棉袄睡眼惺忪地走出来。他手里捏着一把枪，说：“谁呀？”他还没来得及问下一句，躲在暗处的一个人，抡起棒子朝周大牙砸去，周大牙连一条狗都不如，哼都没哼一声就倒了下去。

小凤看了那个人一眼，说：“我记住了。”

那人在雪光中望了小凤一眼，他看见小凤那双眼睛，就哆嗦了一下。那人叫福财，他看了爷爷一眼，说：“大哥，咱们快走吧。”

小凤回头看了一眼自己的小屋，被十八条汉子夹在中间，踩着雪，“吱吱嘎嘎”地向前走去，他们走出靠山屯，隐约地听见那个傻了的周少爷边哭边喊：“小凤，你回来呀，你回来……”小凤听到了，便停下脚步，爷爷以为她要后悔，寸步不离，此时他已经忘记了断指的疼痛。小凤转过身，向前走了两步，跪下了，冲靠山屯她家的方向磕了三个头，立起身冲爷爷说：“行了，我跟你们走。”

一行人踩着深深浅浅的雪，向疯魔谷走去。爷爷从地上抓了一把雪抹在断指上，吸溜了一下鼻子。

天亮的时候，一行人回到了疯魔谷。爷爷把小凤领到自己的窝棚里，小凤看了一眼，窝棚里有两床从山下大户人家抢来的新被子，一旁还放了两床。小凤看了一眼黑漆漆的用木头搭成的窝棚说：“狗窝。”

爷爷的心就跳了一下，他不敢看小凤。小凤一头倒在窝棚里，拉来被子蒙头便睡。爷爷坐在旁边，看着躺在那里的小凤，他的断指钻心地疼。那疼痛使爷爷坐立不安，爷爷跑到窝棚外，号叫一声。十八条汉子不知道爷爷是怎么了，都围过来，才看见爷爷的断指。福财望了一眼窝棚，骂了一句："这个小婊子。"骂完才知道失口了，望了爷爷一眼。爷爷狠狠地剜了他一眼。福财转身跑回自己的窝棚，拿出一包"白面"，这是他从大户人家顺手牵羊拿过来的。福财把白面上在爷爷的断指上，又倒出一部分，让爷爷吃下去，爷爷才止住痛。

爷爷回到窝棚里，看一眼睡死的小凤，自己也一头栽倒下去。

从此疯魔谷多了一个女人小凤。

十八条汉子的厄运也就来了。

我爷爷一次又一次原谅了小凤，可失去了十八条汉子的心，从此也决定了我爷爷以后的命运。

二

一九四九年十月一日，中国伟人毛泽东登上了天安门城楼，宣告中华人民共和国成立。

不久，全国解放了。那时，我父亲已经是副师长了，很年轻的副师长。父亲为了战争，没有结婚，他也没有爱上任何一个女人，父亲把爱都献给了战争。

全国解放了，部队刚刚休整过来，抗美援朝战争就爆发了。一九五〇年十月十九日晚，奉中央军委的命令，中国人民志愿军司令员兼政委彭德怀，率志愿军首批部队跨过了鸭绿江。从此开始了一场残酷持久震惊中外保家卫国的战争。

父亲入朝前，部队驻扎在丹东，那时作为副师长的父亲知道马上就会有更大的战争了，多年战争的磨砺使父亲嗅到了那越来越浓重的火药味。父亲在这之前回了一次家，去看望我的爷爷和奶奶。

爷爷和奶奶小凤仍然住在靠山屯外那间木刻楞里。父亲是坐着从国民党部队缴来的美式吉普回家的，父亲离家很远便让司机把车停下来，然后自己向那间木刻楞房子走去。

当时爷爷和奶奶正坐在木屋里，两个人没有任何语言，奶奶盘腿坐在炕上，两眼炯炯有神地望着窗外，奶奶想心事的时候，两眼总是炯炯有神。奶奶想的心事，爷爷知道和自己毫不相干。奶奶一次次出走，爷爷一次次伤心透了，这都和奶奶的心事有关。爷爷后悔当初没让余钱一棒子把那个痴傻的周少爷打死，给奶奶留下了念想，也给自己留下了痛苦。爷爷就背朝着奶奶坐在炕沿上吸烟，他一边吸烟一边看左手那半截断指，那半截断指早就长好了，光秃秃圆乎乎的，这么多年了，爷爷已经适应了那半截断指。爷爷每次想到那半截断指，心里都疼一下。

这时奶奶看见了走来的父亲，奶奶差不多快忘记父亲了，父亲参军后回过一次家，那时父亲还小，一晃十几年了。奶奶此时还是一眼认出了父亲。奶奶看到父亲，嗓子眼里发出一声含混的声音，翻身下地，穿上了鞋，站在了门口。父亲也望见了奶奶。父亲望见奶奶，脚步不由得停了一下，那时奶奶已经不再年轻了，父亲仍然能从奶奶的身上看到当年的俏丽和超凡脱俗。父亲从小对爷爷和奶奶就有一种排斥心理。父亲的记忆里，奶奶经常扔下他和爷爷出走，爷爷又扔下他去寻找奶奶，父亲只好去要饭，父亲此时感到小腿肚子上还有狗咬后的感觉，那种钻心的疼痛感觉不时地令父亲周身打战。父亲对爷爷和奶奶很冷漠，张了张嘴，却没有出声，犹豫着又向前迈动双脚。奶奶一直望着父亲。奶奶望着父亲时，眼角就滚出两滴泪水来，奶奶没去擦那泪水，任那泪水一直流到嘴角。

父亲看到奶奶并不年轻的脸上流下泪水，心里猛地被什么东西撞了一下，毕竟眼前站着的是十几年没见面的母亲。战场上的血与火早就使父亲练就出了一副硬心肠，他很快调整了自己的心情，毫无表情地向小屋走去。父亲在走过奶奶的身旁时，听到奶奶在嗓子眼里轻声地唤了一声："玉坤。"那是父亲的名字。父亲的喉头又紧了一下，回过头又望了一眼奶奶，眼神里很快地闪过一缕儿子在母亲面前的温顺和惊喜，但父亲很快就扭过了头。

父亲此时已经站在了屋门里，爷爷这几年真的老了，五十刚出头的人，已经依稀看到斑斑白发了，额头上已经现出深深的纹路。爷爷看到父亲的刹那，腮帮子上的肉颤抖了两下，父子在外间屋里默默对望着，爷爷躲开了父亲的目光，转身走进里屋，父亲随在后面。父亲坐在炕沿上，奶奶走进外间，烧火为父亲做饭。

爷爷蹲在地上勾着头，颤抖着一双手从烟口袋里抠烟，卷纸烟。父亲从包里拿出两盒烟卷，放在爷爷面前的凳子上，爷爷看了那两盒烟一眼，手抖得更厉害了。

父亲说："又要打仗了。"

爷爷脸上的肌肉又拼命地抽动两下。

父亲说："这次去朝鲜。"

爷爷这次停住了卷烟的手，抬眼很认真地看了一眼父亲，吃惊地问："老蒋不是跑到台湾去了吗？"

父亲说："这次和美国人打。"父亲说这话时满脸的骄傲和快意。

爷爷手一抖，卷好的烟被拧断了。父亲看到了爷爷那半截断指。

爷爷把那没有卷成的烟，扔在了地下，伸出一只脚用劲地一下下地踯。

爷爷突然说："打仗要死人的。"

父亲说："不死人还叫打仗吗？"

爷爷说："你也会被打死的。"

父亲说："为打仗死值得。"

父亲说完这话时，很轻蔑地望了一眼蹲在地上的爷爷，爷爷停住了踯那已成了泥的烟，浑身上下拼命地抖个不停。

父亲站起身说："现在解放了，共产党不会让人饿死的。"说完这话，我父亲才走出了门。

爷爷和奶奶跟在父亲身后。父亲向山坳里停着的车走去，爷爷却向后山坡走去，奶奶随父亲走了两步就停下了。父亲这时回头看了一眼奶奶，叫一声："妈。"然后再也没有回头。

爷爷又坐在了山坡上，他又卷了一支烟，两眼漠然地望着远方，父亲向远方走去。就像当年父亲十三岁时出走，随在肖大队长身后的情形一样。唯有奶奶，在那里一直目送着父亲，这时奶奶泪流满面。猛然间，奶奶似乎想起了什么，回过身走到屋里，从锅里捞出几个鸡蛋，又走出门去。这时父亲已经上了车，美式吉普在小路上扬起一缕烟远去了，奶奶瞅着鸡蛋泪流满面，她两眼迷蒙地望着远去的烟尘。

父亲走的那天晚上，爷爷在后山坡上燃着了一炷香，爷爷跪在山坡上，一次次冲那炷香磕头。爷爷在祈祷父亲的平安，祈祷即将爆发的战争早些结束。

三

大姨是大姨父用两个馒头换来的。

解放军围困长春时，饿死了很多人。大姨和母亲那时都在纺织厂上班，战争来了，长春被困住了，城里的人都为了活命而挣扎，大姨和母亲也在忍饥挨饿之中。

姥姥就是在那次围困长春时饿死的。姥姥那时才四十多岁，她守着大姨和母亲两个如花似玉的大姑娘。长春刚被围上的时候，人们还没有完全绝望，姥姥用多年积攒的钱还能买来一些橡子面和粗糙的玉米粒子，后来就不行了。别说没钱，就是有钱也换不来吃食了。大姨就去垃圾堆里拾来一些菜叶，姥姥怕两个姑娘受苦，干的都让大姨和母亲吃，自己只吃一些汤汤水水，浑身浮肿，浮肿的姥姥仍挎着竹篮天天出门，希冀在垃圾堆里拾到一星半点儿的菜叶。菜叶没了，人们开始吃树皮，姥姥又加入到剥树皮的行列中，那时兵荒马乱的，姥姥不放心两个大姑娘出门干这些，便让我大姨和母亲在家等。后来树皮也吃完了，整个长春已经见不到一棵有树皮的树了。

姥姥终于不行了，躺在床上眼睁睁地看着大姨和母亲，眼泪就流下来了，说："大丫、二丫，逃命吧，别管我了，这个世道，能嫁人就嫁人吧！找个老实厚道的，能吃饱肚子比什么都强。"大姨和母亲望着姥姥也哭了。

大姨和母亲曾想过逃出长春，那时候也曾有人溜过国民党的封锁线爬到解放军的阵地上，爬出去的就得救了，可是为了逃命，被国民党发现后打死的也不计其数，两个姑娘在那时是有那个心没那个胆。

姥姥昏迷在炕上，已经支撑不住了。昏迷中姥姥喃喃地说：“大丫、二丫，我想……吃一口，再死！”

大姨让母亲照看姥姥，自己流着眼泪走了出去。外面她看到的到处都是饿得摇摇晃晃、浑身浮肿红了眼寻找吃食的人，大姨和母亲虽然没被饿死，却也只剩下了一把骨头，面黄肌瘦。大姨无望地走在寻找吃食的饥民中，三转两转，就转到了兵营后门，她就看见了出门往外推灰的大姨父。大姨父看了我大姨一眼，喊了一声：“莫往前走，再往前走就开枪了。”那时的饥民曾抢过兵营的粮食，虽然遭到了国民党的镇压，可毕竟有少数人抢来过一星半点儿的粮食。那时国民党非常恐慌这群饿红了眼的饥民，大姨父一看见人就这么喊了一声。大姨听到喊声有些怕，转回身想往回走，肚子里没有吃食，转身又转得有些急，就摔倒了，摔倒后的大姨就晕死过去。

大姨父愣在那里了，他没料到自己为了壮胆喊出的一句话，竟把人给吓死了，他放下推着煤灰的车，奔过去，去扶大姨。他扶起大姨时才看清大姨是个姑娘，他伸手摸了摸大姨的鼻子还有气，就安下了心，他知道大姨这是饿的。他抱起大姨放在墙角，跑回去从锅里盛出一碗玉米和菜叶熬的糊糊，端到大姨面前，一口一口地喂大姨。大姨喝了两口，就醒过来了。醒过来的大姨首先看到的是碗里稀得能照见人脸的糊糊，大姨饿疯了，夺过碗一口就喝光了碗里的糊糊。大姨缓过气来，就看到了刚才吓她的大姨父，大姨就跪下了，边哭边说：“谢谢大哥了，我娘要饿死了，大哥再给一碗吧。”大姨父是个老实人，他见不得一个大姑娘这样对自己哭诉，就反身复又跑回兵营，把自己一天分到的两个馒头一起送给了大姨，大姨一看见馒头，抓住就跑，头都没回。

姥姥睁开眼睛，看到了馒头狠命地咬了一口，没有细嚼就咽了下去，馒头卡在姥姥的嗓子里，鼓出一个硕大的结。姥姥大睁着眼睛，憋得浮肿的脸上没了一丝血色，大姨和母亲就冲姥姥喊："妈，妈呀！"姥姥想抬起手，手刚抬了一半就咽了气。姥姥临死时，一直是那么大睁着眼，半举着手。两个馒头没能救活姥姥，却救活了大姨和母亲。姥姥死后，大姨想到了那个救她们的好人，从那时起，大姨就准备嫁给他了。

大姨又去找大姨父，她在那天碰到大姨父的地方等了一天，才看到出门挑水的大姨父，见到大姨父她就跪了下去，说："大哥，我嫁给你吧。"大姨父认出了眼前的大姨。

从那以后，大姨父经常在晚上的时候，偷偷跑出兵营，把自己一天发下来的口粮送给大姨和母亲，大姨父只喝刷锅水。是大姨父救了大姨和母亲。长春解放后，大姨随大姨父回到了乡下，大姨没有忘记救命之恩，嫁给了大姨父。

长春解放后，母亲认识了后来父亲手下的马团长，那时马团长是连长。

我知道了大姨和大姨父的结合经过，就不为大姨父的木讷和大姨的粗声大气惊诧了。在表姐和表哥之前，大姨还有一双儿女，都在一九六〇年饿死了，只剩下现在的表姐和表哥。

表姐疯了后，读完五年级的表哥便辍学了。表哥和大姨父、大姨一起承担起了这个家。表姐住院需要钱，我上学需要钱，一家吃饭需要钱，表哥年龄小，生产队就安排表哥放牛。

表哥每天都到我上学、放学路过的山上去放牛。

不久，我小学毕业了，上了初中。上初中得翻过几道山梁，去公社的中学。我每天放学回来，太阳就快落山了。我走上一座山梁的时候，就看到了几头牛和在牛背上瞭望的表哥。表哥见到我，就从牛背上跳下来，接过我的书包挎在自己的肩上，问我："弟，你累不?"不等我回答，他看我一眼满脸的汗水就说，"弟，你骑牛回去。"说完他便牵过他刚才骑过的那头牛，抱着我的双腿，让我爬到牛背上去。表哥就冲牛们喊一声："回家!"然后赶着牛们往回走。我骑在牛背上，表哥随在后面。这时表哥就让我讲学校里的事，我一边说今天上了什么课，教我们物理的那个老师是什么样，表哥一边默默地听，一脸的神往。

晚上吃过饭，我就在灯下做作业，表哥就去河边割青草，他割的青草喂大姨养的两头猪。表哥回来的时候，天已很晚了。表哥就坐在我对面的小桌上，拿过我的课本看。表哥看得很认真。课本上的东西表哥大都没见过，看一会儿他就问："食盐就是盐，它还叫氯化钠干啥?"我就抬起头给表哥解释，表哥听得很认真，听懂了他就点点头，伏下头又去看书，我写完作业，大姨就走过来，催我们熄灯。那时大姨家已经通电了，大姨为了省电，经常晚上不开灯，吃完饭大都是摸黑干活，只让我开灯。我们关了灯躺下，表哥睡不着，不停地翻身，半晌，他问："因式分解有啥用?"我这才知道表哥一直在想着书本上的东西。等我解释完我就睡去了，不知什么时候醒来，看见表哥蹲在地上，屁股下坐两块砖，面前的椅子上点着煤油灯，正捧着我的课本看。表哥看得很专注，看不懂时就抓一抓头，然后用拳头擂一下自己的脑袋说："忒笨。"

表哥这一切，后来还是被大姨发现了。大姨那天半夜时进了我们房间一趟，表哥害怕了，忙吹熄灯，躺到被窝里，我怕大姨生气打表哥，就钻出被窝，随大姨出去，这时我看见大姨在用衣袖擦眼泪。

那时我固执地认为，是因为我表哥才不能上学，我想既然家里穷，我也不上学吧，挣钱治表姐的病，让表哥上学。

那天晚上我没写作业，找到大姨就说了。大姨的脸白了，她不信地问我："你说啥？"我又重复了一遍："我不上学了。"大姨挥起手就朝我后背拍了一巴掌，大姨打完我就哭了，边哭边说："你不上学？你不上学我咋对得起你妈，家再穷，大姨就是要饭也得供你上学呀。"我也哭了。从那以后，我再也没敢在大姨面前提过不上学的事。从这以后，想在学习上偷懒的时候，我就想起了表哥和大姨的眼泪，我就深深地为自己惭愧。

四

农场的最高指挥官柴营长一天晚上集合起农场几百名劳动改造的人，他站在队列前，手里拿着一份红头文件，一只孤单的电灯在他的头顶上悬着，拉出他孤单又长长的影子。柴营长就冲隐在黑暗处的那些劳改的人说："伟大领袖毛主席说啦，备战备荒为人民，美苏两霸时刻想颠覆我们，毛主席还说，我们要一手拿锄头，一手拿枪杆，为保卫我们社会主义的大好河山，不惜流尽最后一滴血……"

我父亲站在队伍里，他的左边是刘大川，右边是胡麻子，完全按照出工送粪的队伍站立的。我父亲一听，一手拿枪杆，一手拿锄头，浑身上下的血液就狂奔起来。父亲呼吸急促，他两眼烁烁放光地望着灯影下柴营长一张一合的嘴。

熟悉当年情形的人都清楚，那时的战备搞得很吃紧。我父亲所在的那个农场，离苏联和蒙古国很近，柴营长依据上级的指示，要把这些劳改分子武装起来，随时准备对付一切敢来进犯的敌人。

父亲那一晚躺在床上久久不能睡去，睁着眼睛，望着漆黑的顶棚，听着窗外干燥又疲惫的风声紧一阵慢一阵地吹着。父亲频频地起床到外面小解，父亲有一个毛病，每逢遇到什么激动或需要思考的事，他的小便就非常多。父亲频频地起床小便，深谙我父亲的母亲就看出了他的心理，母亲望着躺在身边的父亲问："玉坤，是不是又要打仗了？"父亲就激动地答："快了。"这时我母亲翻了一个身，眼泪就流了出来，她怕父亲看到眼泪，就蒙住头，在被子里深深地叹了一口气。母亲在心里祈祷着："老天爷呀，可别再打仗了……"

我父亲不知道母亲想这些，仍独自地兴奋着，更频繁地起来到外面小解。

很快农场里开始军训了，先是每个人手里发了一杆卸掉枪栓的长枪，于是出工劳动时，都把这杆没有枪栓的长枪背在身上，田间地头休息时，柴营长就组织这些人操练。刚开始，除父亲和一少部分渴望战争的人积极响应之外，其他人似乎都不那么热情。渐渐柴营长看出了苗头，这些人大都是军人出身，资历比自己都老，自己要想把这些人组织起来，还要靠一种手段。柴营长这时就想到了我父亲，在这些人中，论职务我父亲最高，军区的副参谋长，论资历也差不多最深，十三岁就参加了抗战。

于是柴营长就向上级打了一份报告，把农场的情况及自己的打算一同报了上去。上级又调去了我父亲的档案，研究完我父亲的档案之后，没有在档案里看到任何污点，那都是战争的辉煌，唯一有缺点的就是那次。上级果断地下了批示，任命我父亲为边防农场战斗副总指挥。总指挥自然是柴营长。柴营长接到红头文件之后，便把我父亲招到了营部。柴营长一见我父亲，让通信员又是端凳子又是倒茶，他捉住了我父亲的手，带着几分热情几分敬畏地说："老师长，就看你的了。"说完把那份红头文件推到了我父亲面前。我父亲看完那份红头文件，"咔"的一声站了起来，又"咔"的一声给柴营长敬了个礼，声音很洪亮地说："一切听党的安排。"这一个立正，一个敬礼，差点儿没把柴营长感动得流出眼泪，在朝鲜柴营长就知道我父亲这个王牌师长，他不明白：这么一个优秀的军人怎么就犯了错误，而且在他的手下。这让柴营长似捧了一块刚出锅的热黏糕，捧又不敢捧，扔又扔不掉，只能那么受罪地捧在手里。

当天柴营长就集合全农场的人传达了上级的命令。当柴营长让父亲站在这些军不军农不农的一群人面前讲话时，我父亲刚跨出队列，柴营长一眼就看出所有的人都为之一震，双目炯炯地注视着我父亲的一举一动。柴营长就在心里感叹，什么是军人的威严，那是战争的资历啊。

父亲站在队列前，冲几百军人发布了命令。父亲用操练全军区士兵的气魄喊出了一句最普通的口令："全体注意啦，立——正，向——右看——齐——"接着队伍先是整体地"咔嚓"一个立正，然后"唰"地一个甩头。我父亲一丝不苟地站在队前，两手贴于大腿外侧，中指贴紧裤缝，腰板挺得笔直。他喊完第一道口令，激动得差点儿让眼泪掉出来，他对这一切太谙熟了，谙熟得就像木匠对自己的斧子，瓦工对自己的瓦刀。木匠和瓦工一旦失去自己手里的工具将一事无成。将军失去了自己对士兵的统治权力，他将会像一株草失去了土地。父亲站在这些人面前时，他终于又找到了属于自己的土地。

父亲像饱经雨露的劲草，生活一下子就鲜活起来。他先是把这几百人，编好连，又编好排、班。父亲选的连长、排长，都是军人，先从参加抗日战争的人里选，然后是解放战争，再是抗美援朝战争。一时间，整个农场一群散开的军人复又聚拢了。

口令声、脚步声、喊杀声充满整个农场，委顿下去的人，终于找到了共同目标，为了那一个共同目标，他们站到了一起，似一只伸开的巴掌，又聚拢到一起的拳头。

胡麻子参加抗美援朝战争时是连长，此时被我父亲委任为二连一排排长。胡麻子激动得满脸的麻坑闪闪发亮，自从被当作战俘交换回国，他身上被刺的那些反动标语，走到哪里被带到哪里，他刮掉了身上那些被强行刺的印记，可人们心目中的印记是刮不掉的，回国这么长时间了，从没有人正眼看过他。现在接受了我父亲一个指挥官对下属的信任，这令胡麻子终生难忘，胡麻子在接受父亲任命那一瞬间，跪在了地上，冲我父亲号啕大哭，说："副总指挥呀，你就是我再生父母，战争呀，再来一次吧，这次就是被炸成粉末，我也不会当俘虏了——"

父亲就威严地说："胡排长，你起立。"

胡麻子就站起来了，他用一个军人的忍耐，不使自己哭出声来，泪水却控制不住，在那张真诚的麻脸上恣意流淌。

父亲带着队伍搞了一次拉练。一天夜里，柴营长和父亲带着队伍紧急集合，跑到了离农场二十五里路的一个村子，那个村子叫红旗嘎，父亲带着队伍，在红旗嘎住了三天。红旗嘎村后有一座石头山，那是个天然的靶场。经上级批准，打了一次靶，枪声唤醒了这些军人沉睡着的关于战争的意识。

队伍拉回农场时，父亲觉得刘大川有些魂不守舍。那天晚上，父亲又起夜小解，看见刘大川蹲在一排房子的一个角落里悲悲戚戚地哭，父亲忘记了撒尿，走过去喊了一声："刘大川，你起来。"刘大川刚才没有发现我父亲，他被父亲这一吼，吓得一抖，站了起来。刘大川和几个没家没业的人住在一起。父亲不知刘大川为什么半夜三更躲到这里哭。

父亲就问："刘大川，你哭什么？"

刘大川忙擦去眼泪，痴怔又有些紧张地望着我父亲。刘大川在农场一直抬不起头来，他身边的人都是参加过抗日战争或解放战争的，唯有他当的国民党兵。

父亲看了一眼刘大川，他懒得和这样的人说话。父亲打了一个哈欠，就说："刘大川，你回去睡觉吧，有事明天说。"

刘大川如释重负地走了。转天的时候，父亲忘记了刘大川的事，他有太多的事要干，带队出操，练习射击，还要种麦子。

直到一天夜里，农场又搞了一次紧急集合，发现刘大川不在了，父亲才慌了手脚。

第八章

一

爷爷没有想到朝思暮想的小凤，说得到就这么得到了。爷爷更没有料到小凤这么快就顺从了。那时爷爷很年轻，有很多没处发泄的劲。小凤很冷静，睁着一双杏眼看着爷爷大汗淋漓地在她身上折腾。小凤一声不哼。爷爷没有忘记他那根被小凤咬去半截的指头，爷爷在小凤身上歇息的时候就看见了那半截断指，却一丁点儿也没有仇恨。那半截断指变成了对小凤爱的见证。

爷爷整天喜滋滋的，经过连续几天的折腾，爷爷觉得两条腿走在地上变得轻飘飘的了，浑身也有些乏力。弟兄们看着我爷爷有些浮肿的眼皮说：“大哥，莫伤了身子，我们这伙兄弟还靠你撑腰哪。”爷爷就笑一笑，握一握拳说：“不会，大哥有的是劲。”

爷爷为了庆祝拥有了小凤，决定吃一顿饺子，面和肉自然都是从大户人家抢来的。包饺子那天，小凤显得很积极，一会儿和面，一会儿剁馅，十八条汉子围在小凤一旁，挤眉弄眼地冲爷爷说：“大哥，你为我们娶了一个好嫂子。”爷爷笑一笑，什么也不说。

大部分饺子都是小凤包的，包完饺子的小凤又亲自煮，煮完饺子，又拿过碗为每个人盛。小凤把第一碗饺子递给福财，福财认真地看了她一眼，嬉笑着接过碗，一口一个，连嚼都没嚼便一口吞下好几个，站在一旁的爷爷说：“福财莫急，饺子管够。”福财才慢下来，不时地用目光瞟小凤一眼，小凤不看他。

十八条汉子吃完了饺子，便回到自己的窝棚里睡下了。爷爷回到窝棚里时，看见小凤已经躺下了。小凤面颊潮红，一双杏眼炯炯有神，这令我爷爷很新奇也很激动。小凤为爷爷挣得了面子，爷爷觉得小凤真通情达理，没几天就这么死心塌地地跟了自己。

爷爷三下两下脱光了衣服，小凤闭上了眼睛。那一晚，爷爷觉得身下的小凤软软的，还哼哼了几声，这更令爷爷兴奋不已。爷爷准备继续努力时，余钱突然来敲爷爷的门。余钱边敲边说：“大哥，福财肚子疼，疼得直叫。”爷爷正在兴头上，便冲余钱说：“他吃饺子撑的，我让他慢些吃，他不听，你们扶着他到外面遛一遛就没事了。”余钱犹豫地答应一声就走了。

这时小凤睁开眼睛，还冲我爷爷笑了笑，“轰”的一声，我爷爷的身上似点燃了一把火，一把抱住小凤，嘴里嗷嗷地叫着，小凤也第一次恣情欢畅。

半夜时，余钱又敲门。余钱急慌慌地说：“大哥，福财要死了。”爷爷嘀咕一声：“吵死了，多吃几个饺子还能死人？”便抓过衣服，胡乱地穿上朝外走去。

福财真的不行了。油灯下福财面色如灰，口吐白沫，两眼鼓胀地望着进来的爷爷，说：“大哥……快杀……了那个妖精……是她害了我。”爷爷说：“别乱讲，别人怎么没事。”

福财的泪就流下了，断断续续地说：“大哥……我肚子……疼死了……是我杀了……她公爹。”

一群人都围着福财，没多一会儿，福财就断气了。

爷爷怎么也不明白，多吃了几个饺子怎么就会死呢？福财说是小凤害了他，爷爷要问个明白。爷爷走回窝棚，小凤已经起来了，正坐在那里等爷爷。一见爷爷小凤就迫不及待地问：“他死了？”爷爷点点头，小凤嘴角一弯笑了笑。爷爷浑身打个冷战，瞅着小凤说：“是你害了他？”小凤无所谓地说：“是又怎样？你杀了我吧。”这时爷爷发现小凤戴着戒指的手此时光秃秃的，左手无名指上还留下一圈白白的印迹。爷爷什么都明白了，那是只纯金戒指，小凤把戒指包到饺子里，又把饺子盛给了福财，福财吞了戒指，所以死掉了。

爷爷望着小凤浑身发冷，他想扑上去杀了小凤，可一看到眼前的小凤他又下不去手，他太爱小凤了。爷爷急得在窝棚里转了好几圈，最后奔出去，来到了福财窝棚里。一群人正在给福财准备后事，一个叫大发的汉子，是和福财一个村的，两个人从小就结拜成了兄弟，此时抱着福财正号啕大哭。爷爷走到福财身边就跪下去了，爷爷是一个重义气、讲交情的人，边跪边说：“福财，是大哥害了你，要恨你就恨我吧。”爷爷的泪水流了下来。爷爷这么一跪这么一说，大家就什么都明白了。正在号啕大哭的大发，哀号一声站了起来，疯了似的直奔小凤的窝棚。爷爷明白过来，怔了怔，忙追过去。大发扑到小凤的窝棚里，小凤正沉浸在报复后的快感中，冲进来的大发一把抓住了她的头发，拽到了窝棚外。大发的两只巴掌左右开弓，打着小凤的嘴巴，边打边说：“臭婊子，是你害死了福财。臭婊子，我今天要打死你。”这时，爷爷从后边冲了过来，一把抱住了大发的腰，大发住了手。爷爷说：“大发兄弟，求你了，要打你就打大哥吧。”说完给大发跪下了。大发见爷爷这样，也给爷爷跪下了。他搂住爷爷喊了一声：“福财你死得冤哪。”

小凤站在一旁，嘴角流着血，冷冷地望了一眼眼前的情景，一闪身走回了窝棚。

福财就被葬在疯魔谷旁边那块平整的土地上，望着窝棚里进进出出的兄弟们，兄弟们也望着福财。

小凤当时也想杀死我爷爷，但她不敢，她知道在这山里没了爷爷，那些红了眼的男人不会让她活着走出疯魔谷的。从福财的死她已经看出来了。小凤还不想死，她心里仍装着周少爷，她在寻找机会，寻找重新回到周少爷身边的机会。

爷爷从周大牙那里夺来了一把枪，爷爷不会使用那把枪，却整天把枪别在腰里。他知道枪会响，枪一响就能打死人，比手里的棒子好用。

一天小凤就说：“你知道那枪怎么使?”爷爷摇摇头。小凤就说：“我教你。”小凤会用枪，天津卫她的家里就有好几支这样的枪。她从爷爷的腰里拔出枪说：“男人不会用枪，还不如拿个烧火棍。”说完拉了一下枪栓，把枪口冲我爷爷比画了一下说，“我说让你死，你就得死。”爷爷猛地想起了福财，白了脸一下子僵在那里。

小凤冷笑一声，把枪口抬起来，“砰”的一声，一发子弹射到了天棚上，震落了几丝土星。这一枪把所有的人都招来了，围在窝棚门口看。小凤这时提着枪走了出来，她看见大发身后的树上落了一只鸟，回头冲爷爷说：“看我把那只鸟给你打死。”众人都扭着脖子往大发身后的树上看，大发也看。小凤举起了枪神情专注地瞄那只鸟，“砰”的一声枪又响了，鸟飞了，大发却一声不响地躺到了血泊中。一群人包括我爷爷在内，都愣住了。大发伸了几下腿，想立起来，却没立起来，最后一伸腿就不动了。大发的头被子弹穿了一个洞。

爷爷号叫一声扑过去，一把抱住了小凤，夺过枪的同时，他把小凤按在身下，挥起了拳头，朝小凤打去。小凤不哭不说，白着脸冲爷爷说：“我怀上孩子了，是你的孩子。”说完便开始呕吐。爷爷便打不下去了，一屁股坐在地上，悲哀地望着众人，众人也同样面色死灰地看着爷爷。人们目光里冷冷的，注视着爷爷和小凤，爷爷突然间觉得，众兄弟一下子离自己远了。

爷爷意识到这些后，明白了一个道理，要女人就失去了兄弟，要兄弟就得赶走女人。爷爷绝望了。小凤的肚子越来越大了，爷爷不忍心把小凤连同孩子一起杀掉。他想了几天，终于想出了一个办法。他让余钱和小凤一同下山，让余钱看着小凤。

那时他得知，周大牙死后，周家已举家逃到天津卫去了，眼前已没有敌人了。他想这样可以放心，又可以拢住兄弟们。等待一段时间，风平浪静之后，他就下山和小凤安心地过日子。

他让兄弟们在山下远离靠山屯的一个山坳里盖了两间木刻楞，让小凤住在里面。

爷爷没能盼来风平浪静，日本人就来了。

二

父亲的部队从辑安入朝后，不久便和美军遭遇了，父亲这是有史以来第一次和美军战斗。部队在慌乱中，很快稳住了阵脚，向扑上来的美军反击。美军在朝鲜战场上也是第一次遭到这么顽强的抵抗。美军动用了飞机、坦克，开始向我军阵地轰炸。

父亲负伤了，一颗炸弹在他们临时搭起的隐蔽部门前爆炸。那时父亲正举着望远镜向敌方瞭望，他看到黑压压的扑上来的敌人，心里无比亢奋。他心目当中需要的敌人正是这样的敌人，他不希望自己遇到的对手是不堪一击的，在拼搏中取得一次战役的胜利，他心里会得到一种满足。

就在这时，一颗炸弹在父亲眼前不远的地方爆炸了，父亲顿觉浑身一股灼热，便被一股巨浪推倒了。父亲失去了知觉。

站在父亲身旁的马团长，听到了那颗炸弹的嘶叫，他扑上来，想用身体掩住父亲，可是已经晚了。

马团长大叫一声，背起血肉模糊的父亲，向山下跑去，那里有临时搭起的战地救护医院。父亲醒过来的时候，看见有一群人围在他周围进行抢救，父亲惦记着那场战斗，他觉得此时不需要救护，自己要指挥那场战斗。父亲坐了起来，正在他身旁忙着为他实施手术的医护人员，惊叹了。父亲那次身上十三处中了弹片，鲜血正从身体的十三个地方汩汩地向外流，父亲坐起来时，看到小腿上正有一块弹片插在那里，还看见那块弹片上印着英文字母，感到非常生气，他生气战斗才刚刚开始，就被这些弹片击倒了。父亲伸出手捏住了那块弹片，咬了咬牙，从腿上把那块弹片硬是拔了出来。拔出弹片的父亲，跳下床，刚走两步，就又晕倒在床边。清醒过来的医护人员，团团拥上来，又把我父亲抬到了床上。

当时娟就立在我父亲床边，她是护士，负责递送纱布、绷带和一些手术工具。她清晰地看见父亲把那块弹片从自己的身体里拔出来，浑身打了个冷战，又看到父亲跳下床那个前扑的动作，她的泪就流了出来。她当时也说不清为什么要流泪。整个手术过程，当看到父亲身上一块又一块弹片被取出来，一共十三块时，她一直泪流不止。

那一年娟才十六岁，她是不久前才参的军，参军后她在护校里培训了三个月，就来到了朝鲜。父亲手术后因流血过多，一直昏迷不醒，娟一直在我父亲床边站着，看护父亲的还有把父亲背下来的马团长。

父亲再一次睁开眼睛时，看到的是娟那张挂满泪痕的脸。其实娟的脸是很好看的，秀气的瓜子脸，长长的睫毛，忽闪忽闪的眼睛，此时的眼泪就从那双很好看的眼睛里流出来。父亲看到那眼泪就很生气，生气自己此时躺在床上，他一生最不愿意看到的就是女人的哭，生气地说："哭，你哭什么哭？"父亲低沉地吼了一声之后，娟果然不敢再哭了。她睁着一双挂满泪珠的眼睛，惊恐地望着父亲。父亲认真地看了一眼娟，发现娟还是个孩子，细细瘦瘦的腰身，就合上了眼睛。娟看到父亲清醒过来了，吁了口气。她站得太累了，便坐在父亲的床头，望着脸色依然苍白的父亲。

马团长一直坐在角落里，他也在望着父亲，父亲刚才醒来时，他一声没吭。他悬着的心总算落下了。父亲救过他的命，他忘不了父亲的救命之恩，没有父亲，就没有今天的马团长。

那还是在辽沈战役之前，父亲那时是连长。父亲带着队伍在长白山脚下刚打了一次仗，转移到五老峰时，遇到了一伙国民党的队伍。国民党的队伍正在行刑。他们要杀的就是现在的马团长。马团长已经跑过三次了，前两次都遭到了毒打，这是第三次，国民党就准备枪毙他了。马团长被五花大绑在一棵柞树上，面前立着一排垂头丧气的兵，兵们在长官的指挥下，举起了枪，子弹上膛，正冲马团长瞄准。马团长已经闭上了眼睛，他知道完了，枪一响，他就会走向另一个世界。

正在这时，父亲带着队伍路过五老峰，他看到了五花大绑的马团长，也看到了那一排端起的枪口。父亲的枪响了，一连人的枪都响了，那一群国民党兵慌乱之中丢下几具尸体，仓皇而逃了。

父亲命人为马团长解开绳子时，马团长以为自己在梦里，当他睁开眼看到眼前的父亲时，才确信不是梦，自己真的得救了。他扑上前跪在父亲脚下，泪如雨下。父亲就说：“你还想当兵吗?”马团长那时已厌倦了战争，他不喜欢战争，是国民党把他抓来的，所以他一连跑了三次，可面对着眼前的救命恩人，不想说自己不喜欢当兵，便点了点头。

后来马团长就当了父亲的通信员，再后来就当了排长。父亲当了营长时，他就成了连长。

那时马团长已经和母亲结婚了。长春解放，部队在长春休整那段时间，马团长成了纺织厂的军代表，帮助工人恢复生产。长春解放后，大姨就随大姨父回乡下，母亲去纺织厂上班。马团长那时年龄不小了，父亲就对马团长说：“老马，你该找个女人了。”马团长比父亲大四岁，马团长当时想，自己是该有个女人了。他看上了我母亲，父亲便出面对母亲说了。母亲那时还小，不懂得婚姻大事，大姨随大姨父走了，剩下她自己，她就想，自己也该找个男人做靠山了。

母亲和马团长结婚才三天，部队就出发了。部队一走，就是几年，后来过了长江。全国解放时，马团长回到了长春，父亲那支部队都撤到了东北。马团长和我母亲住了一段时间，抗美援朝战争就爆发了，马团长又随队伍来到了朝鲜。

马团长在母亲的心里没有留下任何印象，母亲只知道马团长是生着大胡子的男人。母亲知道自己是有男人的女人了，便在冥冥中盼那个男人回来，回到自己的身边来。马团长来了又走了，匆匆地，只留给母亲一个模糊的男人形象。

马团长感激父亲给予他的一切。当时，马团长坐在屋里望着床上的父亲。

父亲第二次醒来的时候就看见了马团长，父亲就冲马团长说："你在这儿干什么？部队呢？我让你去带部队，不是看着我。"

马团长嗫嚅地叫了一声："师长。"

我父亲挥了一下手，马团长就出去了。他在帐篷外立了一会儿，便走了。

娟望着父亲，父亲完全清醒了，父亲清醒之后就不停地挥舞着手臂。父亲挥手时，牵动身上的伤口，血水就浸过绷带流了出来。娟就伸出手握住了父亲的手，她在制止我父亲的乱动。父亲望一眼娟就不动了，娟的一只小手就在父亲的手里握着。父亲这次认真地看了一眼娟，突然很苍白地笑了，说："你看着我干什么？"娟见父亲笑了，她也笑了。娟就说："师长，看你是我的任务，完不成任务院长就该批评我了。"

父亲点点头说："把你的手拿走吧。"

娟从父亲的手上移开才发现自己的手心里已满是汗水了。娟的脸红了红。

父亲那次住了四十天院，每天都是娟来给父亲换药，娟一看见父亲的伤口就忍不住流泪，父亲就说：“你别哭。”越是这么说，娟就越哭。

后来父亲干脆就不说了。

父亲躺在床上很寂寞，娟就时常来到父亲的床前跟父亲说话。父亲望着娟一张一合的小嘴，心里就觉得很温暖。很温暖的父亲突然说：“你会唱歌吗？”

娟就给父亲唱歌，唱《小黄花》：

小黄花，开满地，
满地的黄花在哪里，
就在春姑娘的眼睛里，
……

父亲听着那歌就睡着了。

四十天里，娟每天都来看父亲，娟还从山里采来一大束金达莱放到父亲的床头，父亲嗅着那束花香，看着眼前的娟。

后来娟固执地爱上了父亲。父亲似乎也爱上了娟。后来我才知道，眉就是娟的女儿，当年在医院产房里母亲生我时，就是娟把我接生到这个世界上。生我那天早晨，是娟把我抱到父亲的眼前。

父亲似乎有了爱情之后，他心里开始惦记娟，以后经常来医院看娟。

三

表姐死的那一年是一九七六年，夏天。那一年是中国多灾多难的一年，几位著名的伟人也分别离开我们，还有那震惊中外的唐山大地震。后来就是一举粉碎“四人帮”。表姐的死和这些著名的事件比起来，渺小得不值一提，但在大姨家却是一件大事。

得到这个消息时，大姨父正蹲在地上抽烟，大姨父这几年老得很快，自从表姐疯了，马驰被枪毙，大姨父就整天不说一句话。以前大姨对他说点儿什么事，他还答应一声：“嗯哪。”现在的大姨父似乎成了一件机器，干活、抽烟、吃饭、睡觉。大姨再和他说什么话时，他不答，只是默默地站起身，尊重大姨的吩咐干就是了。大姨父转眼就老了，脸上的皮肉粗糙又松弛，两眼浑浊毫无光泽，头上的头发白了大半。那时大姨父才五十刚出头，五十刚出头的人不应该这么老相的。

大姨父听说表姐死时，就半张开嘴，两眼半天没转动一下，夹在手里的烟仍燃着，一直烧到了他的手指，半晌，他才反应过来，哆嗦一下，把烟头扔在地上。

大姨却出奇地平静，她望着窗外绿起来的远山近树，幽幽地叹了口气道：“死了也好，早死早享福。”大姨虽然这么说，我却看到大姨先是眼角红了，接着眼睛里便盈满了泪水。

大姨父蹲在地上拼命地咳嗽，不一会儿，眼泪鼻涕一起流了下来，大姨父呜咽着说了一声：“老天爷让我快死吧。”

表哥那一年也十八岁了，上唇已生出了黑黑的一层茸毛，下地回来的表哥听到表姐死的消息，“咣啷”一声把锄头扔在了地上，屋里屋外地走了几趟。我一时不知他要干什么。最后表哥在水缸里舀了一瓢凉水，“咕嘟咕嘟”地灌下去，一屁股就坐在了门槛上，不一会儿，又站了起来。

大姨父仍蹲在屋里拼命地咳嗽，大姨父咳嗽的样子让人看了非常难受，上气不接下气，干干瘦瘦的身子缩成一团。大姨就说：“让你少抽烟你就是不听，你要抽死啦。”

从那以后，我就经常听到大姨父的咳嗽声，那时我高中就快毕业了。一九七六年的时候还不时兴高考，仍向各大学选送工农兵大学生，我知道我就是学习再好，大队也不会送我当工农兵大学生。那时父亲仍在新疆，再加上大姨父又当过国民党的兵，轮遍村里上下所有的人也轮不到我头上。我有些沮丧，一天到晚为自己的出路伤神，我最坏的打算就是和表哥一样，下地劳动当农民。

大姨似乎看出了我的心思，就说：“车到山前必有路，不行你就去当兵。”“能行吗，我能去？”我疑惑地对大姨说。大姨看我一眼说：“到时想想办法，不行就送礼。”我的心很沉重。

大姨父仍拼命地咳嗽，越来越重了，大姨父这时憋住一口气，说：“都怨我呀，是我拖累了你们。”说完了拼命地咳嗽。大姨就抢白大姨父道：“你少说两句，这么多年不也过来了？”大姨父就不说话了，仍是咳嗽。

大姨父出事那天是个夜里，天很闷，似乎要下一场大雨。

很晚了，大姨父仍没回来。我们早就吃完了饭，各自忙各自的事了。没有大姨父的咳嗽声，我一下子觉得家里少了什么。大姨似乎也有些魂不守舍，就冲表哥说：“你到邻居家看一看，你爸咋还不回来。”表哥没好气地说：“他啥时候串过门。”表哥虽然这么说，还是出去了，半晌，垂着头回来了。回来的表哥冲大姨说：“队长说，我爸收工时看着和大伙一起回来的。”大姨就疑惑，叨叨着说：“这个老不死的，收工不回家，死哪儿去了？”

半夜的时候，别人家都熄灯睡觉了，大姨父还没有回来，一家人都有些急，我冲大姨说：“大姨父身体不好，是不是病在哪里起不来了？”

大姨就说：“找找看吧。”

大姨、表哥和我，打着手电，分头去找。田边地头、旮旯犄角都找到了，也没有发现大姨父的影子。大姨回来时，拐到放杂物的小棚子里转了一圈，出来后就说：“坏了，那瓶敌敌畏不见了。”自从表姐喝了敌敌畏之后，大姨一家人对那农药有了一种心理上的排斥，这么多年从没买过那玩意儿，前几天，闹了一场虫灾，大姨家后院有两棵苹果树也起了虫灾，就买了一瓶，用了一些，剩下的就让大姨随手放到了杂物房里。

大姨说完这些话，脸色惨白如纸，目光死呆呆地盯着眼前的什么地方，道：“你爸是不想活了，不想活的人，九头牛都拉不回来，你爸一准儿是死了。”

表哥不信，却也有些害怕，说：“他死啥，活得好好的。我让他去看病，他不去，他死啥？”

大姨似乎失去了支撑，一屁股坐在地上，嘴里喃喃着：“人死如灯灭，这么多年了，这么多年了……”

我先清醒过来，拉起表哥跑了出去。

天亮的时候，我和表哥在南山坳里看到了死去的大姨父。大姨父头朝南脚朝北很安静地躺在草地上，样子似睡去了。大姨父的神态很安详，我还从没见过大姨父这么舒心安详过。

憋了一夜的大雨没有下，当我和表哥抬着早就僵硬了的大姨父往家去时，大雨如注。

我们走进家门的时候，大姨已经找来了木匠开始为大姨父做棺材了。木匠们在外间屋里忙碌着，当我和表哥不知把大姨父放哪儿好时，大姨站在门口就说：“抬屋里，抬屋里。”我和表哥就把大姨父抬到大姨父和大姨平时睡觉的炕上。大姨坐在炕上，瞅着大姨父，就那么瞅着。大姨没有哭，一直呆呆死死地看着大姨父。我怕大姨受不住，一直站在大姨身旁，半晌，大姨发现了我，冲我说：“你照看一下干活的木匠，我要和你大姨父说几句话。”我就出来了。出来的我看着大姨仍那么呆呆死死地望着大姨父。

邻居们都来劝我大姨，我大姨就说：“死了就死了吧，早死早托生，剩下的人还得活不是?”仿佛别人劝的不是她而是她在劝别人。

大姨父出殡那天，把棺材落到在南山坳那个挖好的坑里，表哥第一锹土落下时，平静的大姨突然冲过去，趴在坑边，用前所未有的声音喊了一声：“天哪，你把我们孤儿寡母扔下了呀——”大姨于是哭得昏天黑地。大姨起初那几天心里并不平静，她是在压抑着自己的意志。

大姨父死的第二年，全国恢复了高考，我被东北师范大学录取了。录取通知书一直在我兜里装着，我没有拿出来，我知道这个时候我不能去上大学了，这么多年我靠着大姨一家长大成人，我太清楚大姨家日子是怎么艰辛地过来的了。

大姨父知道自己有病了，他更知道看病要钱，他觉得拖累了这个家这么多年，便服毒而死。表哥为了让我上学，早早便辍学放牛。难道我还要让大姨养活下去吗？

直到那张录取通知书在我兜里揣烂了。

秋天的时候，接兵的来了。大姨把我和表哥叫到她的屋里，对我们说："你们都去当兵吧，咱这个农村想当个有出息的人只能走当兵这条路了。"

表哥就说："家里扔下你一个人咋办？"

大姨说："我能动，这么多年拖累得你也没念成书，你去吧，家里有妈呢。"

那一年，农村已不讲成分论了，各种错划右派的人也正在平反昭雪，我又想到了在新疆的一家人。那里似乎成了遥远的一个梦，我已经淡忘了，我的一切已完全融进大姨家了。

那一年，我和表哥都如愿地体检通过了。

和表哥要走的那一天，我才把考大学没去的事对大姨说了，大姨愣愣地看了我半晌，伸出手帮我理一理新军装说："孩子懂事了，大姨不怪你，当兵吧，和你表哥都做个有出息的人。"

大姨送我和表哥那一天是个清晨，天上飘着那一年的第一场雪。

大姨一句话不说，送我俩到村头，挥了挥手说："走吧，到部队上打封信回来。"

四

刘大川被红旗嘎村的两个民兵押了回来，身后还跟了一个弓腰缩背的中年男人。那男人一见柴营长，"扑通"一声就跪下了，那男人就说："长官给我做主啊，他偷我老婆，你可得给我做主啊——"

父亲认出来了，那个男人就是刘大川的房东。农场的人拉练到红旗嘎村，刘大川四五个人被派到这个男人家吃饭住宿。住宿期间那个男人就发现老婆和刘大川两人眉来眼去。拉练结束那天晚上，那男人还发现自己的老婆和刘大川躲在石头后，抱头痛哭。那男人当时没有发作，拉练的人走了之后，他把老婆痛打了一顿。

几天之后的夜里，老婆突然失踪了，他就想到了刘大川。他报告了村里的民兵排，民兵们就在村头那片戈壁滩上抓到了两个搂抱在一起的人。民兵们把刘大川押了回来，那男人抱住柴营长大腿哭诉时，柴营长没经过这样的事，求救地望我父亲，我父亲就说："你回去吧，这件事我们来处理。"两个民兵就走了，那个汉子还回过头冲父亲和柴营长说："他偷我女人，你们可得为我做主呀——"

刘大川一时成为农场的桃色新闻的中心。

批斗会自然是少不了的，全农场的人坐在那只悬在电线杆上的孤灯底下，中间围着刘大川，批判大会由柴营长和我父亲组织，先让刘大川交代。刘大川腰不弯头不低，一点儿也看不出悔过的意思，他两眼闪着亮光，面色潮红。刘大川这神气令我父亲和众人不解。刘大川咬着牙一字不说，只是一遍遍地说："到时候你们就知道了。"一个国民党营长，现在农场的劳改犯用如此的态度对待人民的审判，令柴营长和父亲非常生气。

柴营长又征求我父亲的意见说："你看该怎么办?"父亲望一眼刘大川，又看一眼苍茫的天空，冷冷地说一句："打!"

刘大川被人们团团围在中间，父亲命人找来一条赶牛的皮鞭，在手里挥了挥说："胡排长。"

"到。"胡麻子从人群里走了出来，站在我父亲和柴营长面前。

父亲把鞭子递到胡麻子手上，胡麻子犹豫着接过鞭子，看一眼我父亲，又看一眼站在那里无动于衷的刘大川。父亲就说："刘大川是你们排的，你先教育。"

胡麻子在父亲的目光中举起了鞭子，鞭子终于落在了刘大川的身上，一下，两下……我父亲又说："共产党国民党势不两立，阶级仇，民族恨。"

胡麻子受到了启发和鼓励，举鞭子的手用上了力气，鞭子带动风声，在寂寂的夜空下"呼呼"作响。刚开始刘大川还"咝咝"地吸气，不一会儿，刘大川就受不住了，不停地在沙地上打转，最后就躺在了沙滩上，不停地在地上翻滚。胡麻子打得气喘吁吁，鞭子举起落下的力量，越来越小，父亲就接过胡麻子手中的鞭子。父亲举起鞭子时，眼前已经不是刘大川了，他眼前幻化出成千上万的国民党士兵向阵地冲来，一会儿又幻化出美国兵的样子，父亲手里的鞭子此时也不是鞭子了，变成了机枪、大炮，呼啸着向敌人猛烈地射击。

刘大川不动了，柴营长走过来，我父亲才住了手，柴营长说："怕是死了吧？"我父亲伏下身摸刘大川的鼻息，还有气。父亲让胡麻子端来一盆凉水，浇在刘大川身上，刘大川就清醒过来。父亲让人把刘大川抬回宿舍，刘大川一声不吭。

刘大川身上的伤好些后，又继续开刘大川的批斗会。众人在批判刘大川时，刘大川一声不吭，两眼茫然地望着远方的天宇，天宇下是红旗嘎村的方向。

一天下午，又开会批斗刘大川时，铁丝网外站着一个中年女人，女人身旁领着一个十几岁的男孩，那女人也看着站在人群中的刘大川泪流不止。刘大川也看见了那女人，声嘶力竭地喊了一声：“枣花——”批斗会开不下去了，当时大家都明白她就是刘大川勾引的那个女人，大家不明白的是，只这么几天时间，两人怎么会有这么深的感情。

柴营长命令人把那女人和孩子拖走，送回红旗嘎村，女人一边被拖走一边回头喊：“大川，我死也是你的人。”

刘大川也冲女人喊：“枣花，你等着。”这面人们拖着刘大川，那面人们拖走了那个叫枣花的女人。

刘大川在农场有很长一段时间，接受了特殊管制，白天黑夜，有两个人轮流看着他。过了一段时间，刘大川似乎平静了，那个女人也没有来，刘大川才被允许住回到集体宿舍。

一天夜里，刘大川又失踪了，人们又想起红旗嘎村那个女人，连夜去找，走到半路上，人们看见了刘大川，刘大川用自己的腰带在一棵树上吊死了。

很多年以后，人们才知道那个叫枣花的女人就是刘大川以前失踪的女人，那个男孩就是刘大川的孩子。刘大川被俘，枣花带着孩子逃难，逃到张家口村，碰到了现在的男人，当时那个男人是个骆驼贩子，一个女人无依无靠又带个孩子，兵荒马乱的，就随骆驼贩子来到了新疆，后来就嫁给了骆驼贩子。天下的事太巧，农场拉练，刘大川被分配到枣花家住宿，两人一见面就认出来了，于是就有了前面那一段故事。

刘大川死后，被埋在铁丝网外的戈壁滩上，枣花带着那个孩子来看了一次刘大川。两人立在刘大川坟前，烧了些纸，后来那个男孩就跪下去了，女人一直在流泪。

又过了几年，那个骆驼贩子也死了，死于尿毒症。不久，枣花也死了。刘大川的儿子已经长大了，他把母亲从红旗嘎村运来和刘大川葬在一起。

每年的清明节，都有一个小伙子来到刘大川和枣花坟前烧纸。

人们得知这一切后，再看到刘大川的坟头时，眼里就多了层潮湿的东西。我父亲一九八〇年离开农场时，独自绕着刘大川和枣花的坟头走了许久。父亲在那时似乎想起了许多东西，同时也忘掉了许多东西。

胡麻子也死了。

胡麻子死于投弹，是光荣牺牲的。全农场人轰轰烈烈地为胡麻子开了一场追悼会。

胡麻子组织排里的人搞实弹演习，手把手教每个人投弹，排里有个叫老么的湖北人，他以前没打过枪也没投过弹，老么拉开手榴弹的弦时，手榴弹就掉在了地上，“吱吱”地冒着烟，老么傻了似的立在那儿，当时不少人都站在一旁，也傻了似的看。胡麻子就大叫一声，用身体扑在手榴弹上，手榴弹就响了。胡麻子被炸成了几块，人们给胡麻子殓尸时，仍然可以看到那些刺在胡麻子身上的反动标语。

胡麻子带着耻辱回国，又把生命还给了祖国。

柴营长在追悼会上哽咽地说：“胡麻子是我们的好战士……”在天有灵的胡麻子听到了，也许会安息了吧？

父亲捧了一把沙子撒在胡麻子的坟上。

第九章

一

爷爷把小凤送下山，便盼着早日下山过太平日子。他后悔当时没有打死周少爷斩草除根，周少爷一家逃到了天津卫，从此也给爷爷后来的命运留下了一条祸根。爷爷时刻注意着周家的消息。

爷爷没有等来周家的消息，日本人却来了。这回来的不是日本浪人，而是打着太阳旗的日本大队人马。住在山下靠山屯镇的是一个日本大队，大队长是日本少佐北海一郎。后来爷爷才知道他当年一拳打死的那个日本浪人是北海川雄，少佐北海一郎是北海川雄的哥哥，北海一郎这次来争取到驻扎在大屯镇，就是要为弟弟复仇。

日本人来了没几天，便开始搜山了，爷爷知道此次日本人来，是带着当年的仇恨。爷爷那时十几个人，几条枪，明显不是日本人的对手，好在大兴安岭山大林密，爷爷带着十几个弟兄没日没夜地在林子里周旋，日本人虽然人多，但想在偌大的大兴安岭里找到我爷爷的踪迹，还真不是件容易的事。

一天夜里，爷爷带着躲了一白天的队伍，回到了疯魔谷他们的营地，营地没有了，被日本人一把大火烧了。爷爷望着一地的残迹，他想到了在自己那间温暖的窝棚里和小凤的日日夜夜，此时，爷爷无限地思念小凤。山被日本人封了，他不知道此时带着小凤的余钱，怎样和小凤生活。

爷爷他们没有了营地，白天也不敢死在一个地方待着，他们为了活命，像野兽一样在林子里奔逃，晚上在山坳里搂一堆树叶，面朝着天空睡觉。他们再也不敢下山去要粮食了，于是又开始抓山里的野兽。野兽也不好抓，他们就饥一顿饱一顿地过着野人般的生活。

那几个随爷爷东躲西逃的兄弟也受不住了，黄着脸冲爷爷说："大哥，别跑了，就是和日本人战死，也比这个强。"爷爷望着眼前这些精神涣散下来的弟兄们，想到这么下去也不是个办法，要笼络住弟兄们，和日本人打一仗是不可避免的了。

爷爷知道，日本人白天总是要分若干个小队搜山，硬碰硬肯定不行。那夜，爷爷带着几个人一直坐到深夜研究对策。爷爷他们这些人都是长工出身，在当时不可能有什么战略思想，也不懂得什么战略战术，打日本人时，他们想到了疯魔谷，疯魔谷是一个天然的洞穴，要是能把日本人引到疯魔谷再打，老天若是开眼，会让日本人葬送在疯魔谷的。

转天，爷爷他们埋伏在疯魔谷旁一片林子里，他们眼睁睁地看到几十名日本人打着太阳旗，端着枪爬了上来，爷爷手里举着从周大牙手里夺来的驳壳枪，其他人手里大都是单筒火药枪，还有的手里握着棒子。爷爷他们这是第一次和日本人正面交锋，不免有些紧张。爷爷他们埋伏在草丛里，爷爷举枪的手不停地颤抖着，一群日本人越来越近了，爷爷他们已经能清晰地看见日本人的眉眼了，爷爷手里的枪响了，一个日本人摇了摇晃了晃一头栽倒在地上，其他人手里的家伙也响了，“轰轰”，像一群猎手在埋伏，日本人又倒下了几个。待日本人清醒过来之后，子弹像蝗虫铺天盖地向爷爷他们射来，爷爷他们这些人没人打过仗，不知怎么对付那些子弹，趴在地上，把脑袋埋到草丛里，身子露在外面，爷爷看到有几个兄弟的屁股被子弹打开了花，鲜血横流。日本人射击了一阵，见没有了动静，想看个究竟，这时爷爷大喊了一声：“快跑。”

十几个人一跃从草丛里钻出来，向疯魔谷口跑去。日本人清晰地看见爷爷他们跑进了疯魔谷，就一边射击，一边叽里哇啦地追来。爷爷他们应对疯魔谷已有了经验，他们贴着崖边飞快地往前跑，日本人的子弹贴着他们的头皮“嗖嗖”地飞过去，又有两个兄弟中弹倒下了，爷爷他们已经管不了那么多，只是疯狂地往前奔，他们巴望着疯魔谷再显神威，疯死那些狗日的日本人。

就在爷爷他们山穷水尽，不知往哪里跑时，奇迹终于再一次出现了。疯魔谷发作了，山摇地抖，狂风大作，飞沙走石。爷爷他们各自选了一块巨石在后面躲下身来，这下可苦了那些紧追不舍随在后面的日本人。日本人先是被这种景象吓呆了，抱着枪冲着疯魔谷胡乱地射击，最后大风吹得他们东摇西晃，接着飞来的石头砸得他们叽里哇啦，抱头鼠窜……

那一次，有很少一部分日本兵跑了出去，他们向更多的日本兵叙说当时的情景时，面色苍白，哇哇大哭。他们认定，疯魔谷是被爷爷这些人施了魔法。后来，驻在大屯镇的日本兵在少佐北海一郎的带领下，来到疯魔谷口，疯狂地往里面射击，他们亲耳听到疯魔谷那山呼海啸般的声音，整个大地也都随之颤抖，从那以后，日本人谈疯魔谷色变，噩梦不断。他们暂时放弃了围剿爷爷这些人的打算，但仍是封山。

是疯魔谷救了爷爷他们，但他们那一仗也是损兵折将，现在爷爷这支棒子队只剩下十个人了。十个人的队伍，为了生存，在大兴安岭上东躲西藏。

就在爷爷为了生计东躲西藏时，小凤快生了。

跛子余钱带着小凤住在远离靠山屯的一个山坳里。爷爷在日本人来之前，为他们准备了足够的粮食。日本人来了，一时还没有发现远离村子的山坳里那两间木刻楞，余钱却发现了日本人。小凤要生了，他想去大屯镇为小凤找一个接生婆。他在去大屯镇的路上就看见了一群日本人从山上撤下来，就是在疯魔谷撤下来的那一群人。他们抬着尸体，一路哭喊着，疯了般地向大屯镇逃去。余钱一见日本人就傻了，他知道大屯镇是不能去了，便拐着腿往山坳里那两间木刻楞跑。余钱这段时间一直担心我爷爷他们，他不知我爷爷这么长时间音信皆无，是死是活，他又看见了日本人，更为我爷爷担心。但看到日本人惨败而归的景象他断定，爷爷他们还活着，他暂时忘记了小凤生孩子的事，他想把这一消息告诉小凤。

余钱拐着腿跑得急三火四，跌跌撞撞，大汗淋漓。半夜时分，他终于跑回到了木刻楞，一进门就喊："小凤，小凤，日本人来了。他们还活着。"他喊完话，就被眼前的景象吓呆了。余钱看见小凤脱了裤子，半卧半躺地仰在炕上，叉着光溜溜的两条白腿，白腿中间，已有乌紫的血缓缓流出，小凤的肚子像山一样隆着。余钱从没见过这样的景象。小凤不停地大叫着，如豆的油灯在窗台上飘摇，小凤一见余钱就骂："余钱，你死了吗，疼死我了！接生婆在哪里？啊啊——"

余钱僵在那里许久，看着小凤这副要死要活的样子，久久才嗫嚅地说："大哥他们还活着！"小凤又骂："他是死是活，我管不着。我要死了，你这个没用的东西！疼死我了，啊啊——"

余钱望着要死要活的小凤，急得束手无策，站在那里，眼见着越来越多的血从小凤两腿间流出。余钱看见一个孩子的头已经慢慢地露了出来。小凤大号道："余钱，你还不快帮我？"说完就晕死过去。

余钱这时才清醒过来，他感到了身上的责任，大哥把老婆、孩子托付给了他，他可不能眼睁睁地扔下她们不管，要是小凤和孩子有个三长两短，他日后死也没法向大哥交代啊！余钱想到这儿，冲小凤大叫了一声："大哥啊——小凤要死了——"说完他就奔过去，去接孩子的头。那孩子的头向外走得很慢，小凤又晕死过去，使不上劲儿了，孩子的头半里半外地就卡在那里。余钱又望一眼此时已无人样的小凤，一急把手从孩子头的一侧伸了进去。他要帮小凤把孩子生出来。小凤在昏死中，疼得大叫一声。这一叫后，小凤深吸了一口气，然后猛地一用劲，孩子"呼隆"一声，就生出来了。随着孩子掉在炕上，一股浓重奇臭的浊血也喷涌而出，喷了余钱一身一脸，余钱差点儿没晕倒。他深怕那污血把孩子淹死，急忙伸手从污血里把孩子捞出来。孩子便"哇"的一声大叫了。余钱抱起孩子时，才发现孩子的脐带还和小凤连在一起。他便一手抬起孩子，一手抓过那脐带，想掐断，那脐带却不断，他犹豫片刻，用牙把脐带咬断了。

这时小凤脸色苍白，如释重负，她无力地吩咐着余钱烧水、擦孩子……余钱晕头转向地忙里忙外。天亮时，他才把一切收拾利落，把自己擦净包好的孩子放在小凤身边。小凤昏昏沉沉地睡着。突然，小凤睁开眼道："余钱，你要饿死我了。"

余钱这才想到，该给小凤做吃的了。余钱煮了九个鸡蛋，他亲眼看见小凤不停气地把九个鸡蛋都吃了下去，然后又昏昏沉沉地睡去了，余钱也困了，他蹲在地上，也迷迷糊糊地睡去了。

小凤生的那个孩子就是我父亲，小凤成了我奶奶。

余钱一觉醒来的时候，看见奶奶已在给我父亲喂奶。余钱看到平安的大人和小孩，舒心地笑了，他看到我爷爷时，已经能有一个完美的交代了。这时，余钱还不知道，艰辛的日子才刚刚开始。奶奶满月后不久，余钱就带着她追随我爷爷的队伍，开始东躲西藏了。

那时余钱没认识到这些，只昏昏沉沉地睡着。

二

父亲自从那次出院后，心里莫名其妙地就多了一份东西。他不论干什么，总觉得有一双又深又亮的眼睛在看着自己，有几次，还在梦里看见了那双眼睛。他仿佛觉得在什么地方见到过那双眼睛，但细想一时又想不起来。

终于有一天清晨，父亲一觉醒来，才想起那是娟的眼睛，父亲再想起那双眼睛一下子变得形象亲近了。三十多岁的父亲，在那天清晨从心底里就涌出几分柔情，这是以前从未有过的，父亲的想象变得具体后，娟的笑、娟的气味都非常逼真地向父亲走来。心里装满了血与水的父亲，陡然多出了一份娟的位置，父亲不清楚自己是在恋爱，他觉得自己对娟的那份思念是对妹妹式的。父亲没有过兄弟姐妹，不知道怎样一种情感才算作对妹妹的亲情。

父亲从那天早晨开始，心里多了份内容，一下子似乎年轻了许多。那天早晨起床后，父亲还试着吹了口哨。

曾在很长一段时间里，父亲不论是在打仗还是在行军途中，冷不丁就想起娟，想起十六岁少女的形象。

部队一连打了几个月的仗，有了一段休整的时间。父亲就在休整的日子里，愈加思念起娟来了，那时思念越来越强烈，在父亲的心里汹涌澎湃不可遏止。

那是一个很好的春天，有阳光有草地，天不冷不热，蔚蓝的天空里有几朵浅浅的云在游戏，父亲骑着一匹枣红马去了野战医院。父亲在去野战医院的途中，曾下了几次马，采了一把黄灿灿的金达莱，父亲捧着这些花，跃马驰骋，向医院跑来。远远地，他就看见了野战医院那印有红十字的帐篷了，此时马和人一样卖命，枣红马似从云里飘来，载着父亲朝医院落下来。

在没有战争的日子里，医院里显得很安静，有少许尚未出院的伤员，闲散地走在草地上，还有几只鸟，不停地在帐篷后面的树林里啁啾。父亲的心情很好，他刚在帐篷前的草地上勒住马，一眼就看见了在一溜晾着的白床单后面的娟。娟穿着军装，没戴军帽，她在床单后面探了一下头，就望见了马上的父亲。娟叫了一声，从床单后跳到了父亲面前，她涨得满脸通红，背着两只手在身后拧来拧去，她不知道该叫父亲什么，半晌，她才仰着头望着马上的父亲说："真的是你，好高啊——"父亲看见娟也笑了，他人还没下马，就把怀里的金达莱花向娟扔来，娟猝不及防，伸手去接，人整个就被花束掩住了。父亲跳下马，娟已经从花束中钻出来，她慌忙伏下身去拾那些散在地上的花，父亲就说：“别捡了，要多少我带你去摘。”娟就停住了手，偏过脸望着父亲。娟就说：“你真高——”娟调皮地踮了踮脚，头也刚及我父亲的肩。

我父亲一丝不苟地望着眼前的娟，娟亮亮深深的眼睛，苗苗条条的身材，头发不太浓密却很黑，刚发育的少女挺拔又结实。

娟望着父亲的眼睛不知所措，半晌她才问：“你又受伤了吗？”父亲被娟的问话逗得哈哈大笑。

父亲一弯腰，把娟抱到马背上，娟一定是第一次骑马，她吓白了脸，双手死死地捉住马的缰绳，整个身子伏在马背上。父亲打了一下马背，枣红马轻快地向山下跑去，父亲随在后面。

不少伤员看到这样的情景，都在想，父亲一定是娟的父亲，以后伤员就问娟：“你爸也在朝鲜呢，他当多大的官？”每次这么问时，娟就红了脸，却也不说什么，冲人诡秘地一笑，那一笑又增加了人们心里的几分猜测。

父亲带着娟来到山下的泉水旁，马不再走了，父亲也不再走了。他从马背上抱下娟，他脱下鞋，把脚伸到溪水里面，溪水异常清澈，能看见水里明净的石子，在太阳下闪着五彩的光。娟就蹲在溪边，莫名其妙地望我父亲，嘴里莫名其妙一遍遍地说：“你真高。”娟一时找不到合适的词来形容我父亲，只一遍遍地说父亲真高，枣红马散漫地走在草地上，悠闲地吃着草。

父亲就对娟说：“唱支歌吧！”

娟就唱：

小黄花呀，开满地，

黄花开在春风里，

春风吹呀，春风去，

我的花儿在哪里……

父亲听着娟尖细的歌声似乎沉醉了，娟没有得到父亲停下来的命令，就一直唱下去，最后娟累得小脸通红，额上还冒出一层细碎晶莹的汗珠，父亲就说："歇歇吧！"

娟就歇下来，然后伸出手捧起溪水玩。

父亲看着眼前的娟，心里陡然生发出几分宁静，他一下子觉得回到了尚未出世时那般梦境中的田园。白云映在溪水里，鸟儿在林中歌唱……

不知不觉，时间到了中午。

娟清醒过来，叫一声："哎呀，我该去给伤员换药了。"

父亲穿上鞋，说一声："我送你回去。"父亲牵过马，弯腰把娟送到马背上，就在娟准备在马背上抬起头时，父亲在娟的脸上吻了一下。娟的脸腾就红了，像二月里盛开的桃花。父亲没望娟，牵着马向回走，娟的脸一直红着，她骑在马背上一时不知如何是好。

到了医院门前，父亲停住了，又把娟从马背上抱下来，这次他感受到少女的胸正紧紧地贴在他的胸上，他感受到了少女柔软又结实的身体，就在这一瞬间，父亲的心间柔情顿生。他伏在娟的耳边轻声说了句："以后，我还来看你。"

父亲跳上枣红马，头也不回地跑去，草地上剩下娟睁着一双带着新奇又水汪汪的眼睛看着父亲远去。娟好久才从痴迷中恍怔过来，冲父亲远去的背影又自言自语地说了一句："真高啊——"

几年以后，当娟已不再是少女而完全变成一个大姑娘以后，她在父亲强有力的怀里感受到父亲那种男人的野性时，她又不由自主地呻唤一声："真高啊——"父亲清晰地听到了那一声呻叫，他恍若又回到了朝鲜，回到了那条溪边，回到了那座门前晾着白床单的野战医院。父亲年轻的血液被唤醒了，他让整个身子向娟压去，娟深情不能自禁地叫了一声，便晕了过去。

父亲果然履行着自己的诺言，只要他一有空就去看娟。娟也似乎知道父亲什么时候去看她，父亲的马一到，她已经站在父亲的眼前了。父亲的马蹄声搅碎了少女娟的心。

那清脆的马蹄声在娟的心里响了一生。

三

我二十岁那一年，在越南战场上被炮弹炸得昏死过去，眉背了我三天三夜走出密林，回到了祖国的怀抱。

我在眉的背上，又嗅到了二十年前我出生时娟把我抱在怀里嗅到的那种熟悉的气味。

当医生把我从死亡的线上救回来的时候，我望见了面前站立的医生、护士那既熟悉又陌生的脸，我知道我回来了，活着回来了。是那种熟悉的气味牵着我，把我带回了祖国。我望着眼前一张张无比亲切的脸，突然泪水纵横。一个大眼睛女医生如释重负地对我说："终于回来了。"我听到那一声亲切的感叹，差点儿呜咽出声。那个大眼睛女医生又说："你知道吗，是一个女孩子背你三天三夜，才把你背回来。"我又想到了那股熟悉又亲切，仿佛在遥远梦里的气味。

我说："她是谁？"

大眼睛医生说："她叫眉，她也倒下了，就住你隔壁。"

眉的名字是大眼睛医生告诉我的。我是第一次从医生的嘴里知道了眉的名字。我冲大眼睛医生点了点头，意思是我知道了。

接下来，在很长的一段时间里，我想象着一个女孩子在茂密的树林里，趔趔趄趄，磕磕绊绊，背着一个失去知觉的男人，走了三天三夜，过河翻山，终于回到祖国的动人场面。

我想象不出眉应该是什么样子，但我想，凭着眉这种坚韧不拔的毅力，应该是个很了不起的女孩。那大眼睛医生还告诉我，眉才十九岁。一个十九岁的女孩有着如此毅力，一定是一个不平凡的女孩。

我现在还下不了床，不能去看望我的救命恩人眉。我望着洁白的墙壁，想象着眉的样子。眉除了不平凡外，还应该是个什么样子呢？是胖是瘦，是高是矮？我想象眉时，大脑空蒙一片，这种空蒙使我百无聊赖，我想象不出眉的样子，只能望着那洁白的墙壁发痴。

医生每次来查房换药，我都不厌其烦地问医生："我什么时候能下床？"医生惊诧地瞪大眼睛看着我，半晌答："你捡回一条命就不错了，没有一个月，别想下床。"

一个月很短，可对我来说太漫长了。我急于见到救我的眉，眉就住在我隔壁，近在咫尺，却遥远如天涯海角。我望着墙壁两眼发酸时，就望窗外的日光一点点在树梢上爬过去。一只蝉，单调地躲在树后鸣叫着。我心里很烦，想大声说话，哪怕冲窗外的蝉，可蝉听不懂我的话。

我在医院住了十多天时间，有一天我正望着墙壁发呆时，门铃轻轻响了一下，我没有去望那扇门。我猜想，一定是讨厌的护士小姐给我打针了。那声音，停在了我的床边半晌没有动，我一下子又嗅到了那股熟悉的气味。我惊愕地扭过头，立在我床边的是一个女病号。她穿着医院发的白底蓝格的病号服，肥大的病号服穿在她的身上有些滑稽可笑。她齐耳短发，瓜子脸，脸孔白白净净，细长的眼，弯弯的眉，嘴角向上翘着，似乎总在冲人笑。我凭着那股熟悉的气味，猜想她就是眉。我便说："你是眉。"

她嘴角翘了，没点头也没摇头，眼睛一直专注地望着我，半晌她才说："你可真重，有一百三十斤吧？"

"不，一百三十八。"我答。

她笑了，露出一嘴洁白的牙齿。

我断定她是眉之后，就想爬起来，救命恩人就在我身边，我不能躺在床上。我两手撑着床沿，可受伤的腰却不争气，钻心地疼了一下，我吸了一口气。眉忙按住我的手轻声说："不能乱动，对伤口不好。"

我看着眉说："你怎么和医生一个口气？"

她说："我是护士呀。"

她说话时，我又看见了她那口白净的牙齿。我就说："你坐吧。"

眉就后退两步，坐在我对面那张空床上。眉后退时我看见她的双腿不怎么利索，就说："你腿受伤了吗？"

眉掀了一下她那宽大病号服的袖子，我看见她的小臂上缠满了绷带。我突然就恍悟过来，问："你是爬回来的？"

眉笑了一下，没点头也没摇头。

我的眼前又出现了这样一种景象：我死狗似的压在眉的身上，眉吃力地在地上爬着，她用膝用肘当脚，艰难地向前移动着，汗水、泪水、血水流满了她爬过的草地。

我望着眼前的眉喉头有点儿紧，想对她说点儿什么，可什么也说不出。我就那么痴呆呆地望着她。

她看出了我的心思，聪明的女孩子很容易看出男人的心思，她就说："医生说了，你的伤再有二十天就会好的。当时我以为你死了。你压在我背上一动不动，真沉呢。"

"你的伤……"她说完，我才想起这样一句话。

"没事，我只伤了点儿皮肉，过几天就会好的。"眉说自己伤时一副轻描淡写的样子。

我就去望她缠着绷带的双肘双膝，眉知道我在注意她，不好意思地动了动身子。我没见到眉之前怎么也不会想象出，这么一个细皮嫩肉的姑娘，会把我这个一百多斤的男人背了三天三夜回到了祖国。后来医生告诉我，眉的双肘双膝都磨出了骨头，我的心就猛地颤抖了一下。

后来眉的伤好了，可在膝和肘上却留下了一片片模糊的疤痕，那一片片似图画一样的疤痕，在我的眼里是那么美丽，那么生动。我一次又一次拼命地吻着那些美丽的疤痕，眉静静地躺在那里，眼角流出大颗大颗晶莹的泪珠。后来随着岁月的流逝，那些美丽的疤痕在眉的身上渐渐地淡去了，直到消失，可那些美丽的疤痕已经印在了我的心里，仍然是那么生动、清晰。

我和眉第一次相见，该说的话说完之后，她坐在我对面床上，我们俩一直静静地对望着。我望着眉，觉得认识眉已经一辈子了，我从眉的眼睛里也读懂了和我一样的心境。病房里很静，只有窗外那只蝉，在单调地不厌其烦地叫着。

后来眉就走了，眉走时说：“我有时间再来看你。”

我一句话也没说，一直用目光把眉送出门外。眉走路的样子让人看了发笑，她的腿伤还没有痊愈，膝关节还不能灵活弯曲。眉是拖着两条腿走路。

后来的日子里，眉每天都来看我。大部分时间里我们都不说话，一直静静地望着窗外。眉坐在我脚下的床边，我嗅着从眉身体里散发出的那种熟悉的气味。

当我们望着窗外，望得两眼发酸时，我就扭过头，冲她说：“我好像很早以前就认识你了。”

眉笑一笑说：“我也是，我背你时就有了这种感觉，要不然还不一定背你呢。”眉说完这话时，调皮地皱了皱鼻子。

我也无声地笑了。

当我开始能下床活动时，在屋里待不住，到外面走动，我看见眉正用两轮车推着一个年轻的军人。那个军人眼睛瞎了，两眼戴着墨镜，双腿的裤管里也空空荡荡。那个年轻军人不是坐在轮椅里，而是被绑在轮椅上。

后来我知道，眉推着的那个军人就是著名特级战斗英雄林，某部的排长，是眉的男朋友。林不仅失去了双眼，双腿也从高位截掉了，林只剩下了一个生命。

眉推着林一点点地向我走来，眉的嘴角仍那么翘着，我远远望见眉，眉就一直冲我笑着。眉走到我的身边时冲我说：“这是林。”

林已经伸出了手，冲着我站立的反方向，我忙走过去，握了握林的手。林的脸色在墨镜的衬托下显得很苍白，林说："你好。"

我说："林，你好。"

林就笑了笑。我笑不出，去望眉，眉仍是那么笑模笑样的。

林是英雄，后来他死了。眉和林结婚满十年的时候，三十岁的眉含泪告别祖国，单身一人去了澳大利亚。

这一切都是十几年以后的事了。

四

母亲自从随父亲去了新疆，身体从没有好过。母亲从那次长春被困，忍饥挨饿，后来就留下了病根，时不时地出现胃痉挛，饿时胃痉挛，吃多了时也痉挛。每次发病时，母亲先是疼得起不来床，趴在那里满身是汗，然后是呕吐，把吃到胃里的东西又都吐出来。

时间长了，母亲便开始贫血，苍白的脸没有一丝血色。加上到了新疆之后，水土不服，母亲就三天两头地生病。

父亲在外面劳累了一天，先是推车送粪、割麦子，后来当了农场战备的副总指挥就更忙了，带领队伍操练演习。母亲怕父亲身体顶不住就变着法地让父亲吃好。农场里每户按人头供应，每个月每人只有五斤白面是细粮，其余的都是玉米面。父亲爱吃油饼，母亲就把一家三口人的细粮都给父亲做了油饼，每次吃饼时，母亲和姐姐媛朝不吃，先让父亲吃。父亲吃完了，母亲才让姐姐吃，姐姐不吃。母亲和姐姐媛朝吃的是窝头。

父亲一身都是伤，还有十几块弹片一直在身体里埋藏着，每逢下雨阴天，父亲的身子就隐隐地发疼，坐立不安。这时，母亲就不声不响，帮父亲按摩，母亲按摩的技术是和娟学来的。娟后来成了父亲的保健护士，母亲便多次看见娟给父亲按摩。来到了新疆，母亲便承担起了给父亲按摩的任务。母亲身体不好，没有多少劲，每次按摩都累得气喘吁吁，汗水从蜡黄的脸上流下来，滴在父亲满是伤疤的身上。父亲躺在那儿一声不吭，脸上毫无表情。母亲又想到娟给父亲按摩时，父亲总是一副快乐无比的表情，睁着眼睛一直望着娟那红润鲜亮的脸颊，娟一边按摩一边还和父亲说话。母亲给父亲按摩时，父亲从来不和母亲说话，母亲想到这，泪就顺着蜡黄的脸流了下来，和汗水一同滴在父亲的背上。站在母亲身边的姐姐媛朝这时就会拿起一条毛巾帮母亲擦去脸上的汗水和泪水。母亲就掩饰着把脸别到一边去，她怕姐姐看到她在流泪。

父亲很少和母亲说话。母亲有什么事，也都先看父亲的脸色，父亲的脸色温和一些的时候，母亲才把要说的话说出来，这时父亲垂着头不望母亲的脸，然后答一声，时间长了，母亲也就习惯了。习惯的母亲不抱怨父亲，母亲知道父亲很忙，心里也很苦。

晚上的时候，父亲都回来得很晚。母亲就先让媛朝睡下，自己坐在屋子里等父亲，她不时地望着漆黑的窗外，听着外面的动静。母亲哼得最多的就是当时非常流行的纺织工人的歌，母亲在夜晚等父亲回来的时候，就会一遍遍哼那首歌：

轰轰隆隆机声响，
条条棉线缠又缠，
织起锦绣好山河，

社会主义好处说不完，

说呀说不完，

……

然后，姐姐媛朝就在母亲哼唱的歌声里睡去了。我小的时候，母亲还没有去新疆以前，她就经常哼那首歌，一手拍我，一手拍姐姐媛朝，我们就在那歌声里渐渐地睡去了。

母亲在新疆那间小屋里，哼着那首纺织工人的歌，一边等父亲，一边思念着她昔日的生活。母亲是个纺织工人，纺织车间里，有一大群她的姐妹。母亲的整个青春就是伴着纺车度过的。

母亲一听到窗外父亲那熟悉的脚步声，便慌忙下地，先是舀半盆清水，让父亲洗脸，洗完脸母亲又把清水倒掉，再端来一盆热乎乎的水，让父亲洗脚。父亲把脚浸在水里，母亲就蹲下身，用她那双软绵无力的手认真地替父亲洗脚。父亲这时靠在椅子上，仍是一句话不说。母亲帮父亲洗完脚，递过来一条擦脚巾，父亲擦完脚，就脱衣上床睡下来。母亲忙完这些，便熄了灯，自己脱衣也躺在了父亲的身边。

父亲只留给母亲一个脊背，母亲就用温暖的身体紧紧贴着父亲，母亲的一双软绵的手开始在父亲满是伤疤的身上摩擦。母亲太熟悉父亲的身体了，她能数得清父亲身上的每一块伤疤。父亲在母亲的抚摸下很快就睡去了，母亲却睡不着，她望着黑漆漆的夜，泪水慢慢地流了下来，打湿了枕巾。

母亲爱父亲，一直爱到死，可父亲不爱母亲。父亲要母亲是为了一种责任。

在那一年的冬天，母亲病了，一直高烧不断，并不住地咳嗽。高烧使母亲脸颊发红，母亲不时地昏迷沉睡。父亲领来了农场的卫生员给母亲看病，打了针吃了药，母亲仍不见好。

那年冬天，在我母亲生病那几天，飘着漫天大雪，雪越下越大，覆盖了整个戈壁。农场突然接到通知，敌人已经打过来了，离石河子还有一百余里路，命令石河子农场主体人员准备战斗，连夜出发，迎击敌人。那时农场经常接到一些真真假假的情报，这些战争预备队一次次演习。

我父亲在接到这项通知的时候，精神无比亢奋，两眼烁烁放光，他集合了农场全体人员站在白雪飘飘的场部门口的空地上。父亲的腰间插着驳壳枪，那是部队淘汰下来的一种枪，配发给农场战斗预备队。父亲在每次演习时都要插上那支驳壳枪。父亲两眼烁烁放光，站在队伍前，柴营长就小声地说："师长，嫂子已有病，你就别去了。"父亲说："她经常有病，你是知道的，敌人就在眼前，打仗要紧。"柴营长张了张嘴没再说什么。

母亲那时高烧已经达到四十度了，她从昏迷中醒过来，看到姐姐媛朝用一条凉毛巾抚在她头上，不停地在一旁擦眼泪。

父亲临出发前，回来一趟，他从卫生员那里拿来了一些药，药是含百分之五葡萄糖的生理盐水，还有一些注射用具。父亲放下药，就说："要打仗了。"说完转身走了。姐姐媛朝含着泪喊了一声："爸。"父亲回了一次头，看了一眼姐姐，有力地挥了一下大手，就走进风雪里。

母亲这时清醒过来，冲姐姐说："媛朝扶我起来。"媛朝不知母亲要干什么，扶母亲下了地，母亲就颤抖着下了地，她走到门口，手抚着门框，看着我父亲的背影消失在风雪中，眼里流下了两串泪水，那泪水很快被滚烫的脸烧干了。母亲当时自己也不知道，这是看父亲最后一眼了。

父亲带着全农场所有的男人出发了，向石河子一百里外的地方。

母亲躺回床上，有气无力地咳嗽，高烧不止。父亲一走，便走了三天。第三天时，母亲便不行了。母亲知道自己快不行了，她不愿意死，她还有父亲需要照料，还有两个孩子。母亲无时无刻地不在惦记着远在大姨家的我。母亲想活下去，她想到了父亲留下的药。母亲懂得一些医学上的知识，便让姐姐媛朝把那些药拿来，抖着手把针头扎在血管里，姐姐媛朝举着药瓶，让那药一点一滴地流进母亲的血管里。母亲这时很清醒，她冲姐姐媛朝说："你爸身体不好，你大了，要照顾好你爸。"停了停又说，"你弟命苦，他小，不让他来新疆，你是姐姐……以后你再大就去接你弟，一家人在一起……苦一点儿没啥，只要能在一起。"母亲说完这些，就昏死过去。媛朝一边举着药瓶，一边流泪，她不停地喊："妈，妈……"母亲再也没有睁开眼睛。

一点一滴的药水再也流不进母亲的血管里了，姐姐媛朝去摸母亲的额头，母亲已经凉了。

母亲死于肺炎。

母亲死的当天晚上，父亲就回来了。那次自然也是一次演习。

母亲死后，就埋在戈壁滩上。

十几年后，我去新疆接回了我的母亲。我手里捧着母亲的骨灰，母亲的形象在我的印象里很淡漠，淡漠得让我回忆不起来，我八岁的时候离开了母亲，以后便再也没有见过。我八岁印象中的母亲很年轻。

我把母亲埋在大兴安岭的山里，那是母亲的老家。我跪在母亲的坟前，心里一遍遍地呼唤着：“妈。”

从那时起，我开始恨我的父亲，我不能原谅我的父亲。

第十章

一

小凤生下了我父亲，小凤顺理成章地成了我奶奶。

奶奶小凤在父亲满百天以后，逃了一次。余钱对我爷爷忠心耿耿，不仅是因为我爷爷在疯魔谷救了他，更重要的是爷爷当年那身豪气。余钱看守着奶奶形影不离。

奶奶小凤那天躺在炕上，不梳头不洗脸，也不喂父亲，让父亲饿得哇哇大哭。奶奶唤来余钱，说："余钱去抓药吧，我病了。"余钱看着奶奶满脸通红，又听到我父亲大哭不止，以为她真的病了。余钱不敢耽搁，撒腿就往大屯镇跑去。

傍晚的时候，余钱提着两服中药回来了，推开门，屋里屋外空空如也，晾在绳子上的被子和尿布也不翼而飞。余钱觉得事情不好，连口水也没喝，就拐着腿跑出院子，喊："嫂子，嫂子。"山野寂寂，空旷无声。余钱就急了，知道事情不妙，咧着嘴就哭了，边哭边说："大哥，嫂子她跑咧——"余钱哭了一阵，才醒过神来，哭管屁用，一定要把嫂子找回来。余钱擦去眼泪，拐着腿一耸一耸地奔向了通向山外那条路，余钱知道小凤跑了是去天津卫找周少爷，去天津卫必须走出山里。

余钱马不停蹄，渴了就抓一把地上的雪塞到嘴里，终于在天亮的时候，看见了坐在地上怀抱父亲的小凤。奶奶刚生完孩子，体力还没完全恢复过来，又抱着我父亲，她走了一天一夜也没有走出山里，后来她实在走不动了，就坐在雪地里哭，哭了一气她不哭了，敞开衣衫奶了一气我父亲，便坐在那里发呆。她想自己快要死了，这荒天雪地前不着村后不靠店的，还不得活活把娘儿俩冻死饿死。这时余钱赶来了，余钱一见到我奶奶就痴在那里了，他张着嘴上气不接下气地说："嫂子，可找到你了。"余钱说完这句话就激动得哭了起来。哭完的余钱就跪在了奶奶的面前，说："嫂子，你不看大哥的面子上，还要看在孩子的分上，这样下去孩子要冻死了，跟我回去吧。"这句话打动了奶奶，奶奶这时立起身，冲余钱骂了句："你这条狗。"余钱不管奶奶骂什么，他一声也不吭。余钱接过奶奶怀里的孩子，奶奶在前，他随在后面，一拐一拐地往回走去。

回去之后，奶奶真的大病了一场。余钱抓的那两服药终于派上了用场，余钱炕前炕后地伺候着奶奶。奶奶暂时放弃了出逃的想法。

奶奶恨爷爷，恨爷爷活活地剥夺了她的爱情，奶奶咬掉爷爷的半截手指仍不解恨，她还要报复爷爷。她想出了报复爷爷的办法。

那是一个漆黑的夜晚，窗外的风夹着雪拼命地呼号着。奶奶搂着父亲躺在炕上，听着风声雪声，她也听着外间余钱的动静，余钱一直睡在外间。这么长时间了，奶奶一直在思念着周少爷，从没把我爷爷和余钱这些人当成人看待。奶奶无数次地在心里骂爷爷他们是狗。

这天夜里奶奶就喊：“余钱，你进来。”

余钱听到了奶奶喊他，他又以为奶奶吩咐他洗尿布或者别的什么事情就进来了。奶奶这时就非常柔情地对余钱说：“你坐这儿。这么大风我害怕。”余钱就很老实地坐在了炕沿上。奶奶躺了一会儿，就又说：“你这么坐着我睡不着。”余钱站起来，又准备往外走，奶奶心里就骂了一句：“你这狗。”这么骂着，她伸手一把拉过余钱，余钱冷不丁被奶奶拉进被窝里。余钱来时披着棉袄，穿着棉裤，他不明白奶奶为什么要拉他。奶奶这时已经赤身裸体，一丝不挂，她抓过余钱的手就按在了自己的胸上，余钱就傻了，他觉得自己快要淹死了，憋闷得喘不上一口气来。奶奶又拉着余钱的手向自己的身下摸去，喃喃地说：“余钱你别怕，没人知道。”奶奶这么一说，余钱顿时就清醒了过来。他一骨碌爬起来，转身就跑到了外屋。这时他清晰地听见奶奶小凤骂了一句：“你这条狗。”

余钱跑到外间，再也睡不着了，心里“怦怦”地乱跳，这时他想起了爷爷。爷爷已经好久没有音信了。他不相信爷爷会死，他知道爷爷不敢下山都是因为那些封山的日本人。他想到了爷爷又想到了屋里小凤刚才那一幕，就呜呜咽咽地哭开了，边哭边在心里喊：“大哥，对不住你哩。”哭着哭着他又为爷爷彻底地悲哀了。

自那次以后，奶奶似乎真的不把余钱当人了。她呼来唤去地支使着余钱，还在余钱面前毫不保留地暴露着自己。每次余钱都要把做好的饭菜端到炕上，奶奶这时跟晚上睡觉一样，一丝不挂，余钱进来的时候，奶奶还特意把被子扔得远远的，让自己的裸体暴露在光天化日之下。每逢这时，余钱从不正眼看奶奶一眼，低着头进来，又低着头出去。他觉得奶奶这人很可怕。这时奶奶就大笑，笑着说：“你这狗，你看吧，我就是让你大哥当王八，活王八。”她这么骂时，余钱就逃也似的离开屋子。

奶奶第二次萌生逃跑的意念，是第二年的春天，那时父亲已经一岁多了，父亲已经会喊妈妈了。那时日本人封山还没有结束，一次次向山里发动“剿共”运动。那时赵尚志的游击队，还搅得日本人不得安宁。

春天来了，奶奶就对余钱说：“这山里快把人憋死了，咱们去趟大屯镇吧。”奶奶吸取了上次出逃失败的教训，她知道凭自己的能力很难逃出山里，到了大屯镇就好办了，她想办法再甩开余钱。

余钱想到大屯镇里住满日本人，可大屯镇里的人不也是活得好好的吗？余钱也好久没有出去了，他想借这个机会，打听打听爷爷的消息。

余钱就抱着父亲，带着奶奶上路了。他们走到中午时，余钱给父亲吃了一个身上带着的馒头，刚吃完馒头父亲就在余钱的怀里喊：“我要拉屎。”余钱就把父亲放在了地上，父亲蹲在春天的山坡上拉屎，余钱觉得自己也憋得慌，便在附近找了一片树丛蹲下来，奶奶自己往山坡下走。

这时就来了两个日本兵，他们没有想到在荒山野岭里会看见一个这么漂亮的女人。那天出门时，奶奶刻意打扮了一番，穿着一件水红色的小布袄，齐耳的短发，手脖子上还戴了一副银镯子，在春天的阳光下一闪一闪的。两个日本人在大屯镇还没看见过这么漂亮的女人。日本人一见我奶奶便嬉笑着扑上来，嘴里喊着：“花姑娘，花姑娘。”奶奶这是第一次看见日本军人，以前她在大屯镇和天津卫见过日本浪人。奶奶被吓傻了似的站在那里，很快就被两个日本兵扑倒了，奶奶这时明白过来两个日本兵想干什么了，她大喊了一声："余钱——"蹲在树丛里的余钱听到了喊声，提起裤子，就看到了眼前的景象。余钱脑袋"轰"地响了一声，没多想，他拐着腿就跑了过来。两个日本人的注意力都在奶奶身上，奶奶的花衣服被他们撕开了，露出了美丽洁白的胴体。一个日本兵已解开了自己的裤子。余钱拾起了一把日本人扔在一边的枪，那枪上还装着刺刀。余钱此时已红了眼，他端着枪照准趴在奶奶身上嬉笑的日本兵后背心刺去，那个日本兵就在快要得手时，被刺了一刀，身子一挺从我奶奶身上滚了下来。一旁的那个日本兵也被突如其来的变故惊怔了，当看清了余钱才醒过来。他也拾起了自己那把枪，喊了一声"八格牙路"，便冲余钱扑来。余钱躲过了第一枪，没有躲过第二枪，他的拐腿不很灵便，那一刺，就刺在余钱的肚子上，日本兵又用力一划，肚皮便开了一个大口子，鲜血和肠子就流了出来。余钱大叫了一声，摇晃了两下，此时余钱的两眼似要流出血来。他大叫一声之后，伸出一只手，抓着流到胸前的肠子又塞了进去，然后端起枪又向那个日本兵扑去。那个日本兵被余钱的疯狂吓傻了，木呆呆地站在那儿，当余钱的枪刺进他的胸膛里他才反应过来，怀里的枪响了，那一枪正打在余钱的心脏上。两个人几乎同时倒在了地上。

奶奶小凤也吓傻了，她衣衫不整地坐在那儿，看着眼前的场景，气都喘不上来一口。直到拉完屎的父亲摇摇晃晃地走来，不停地喊着"妈，妈，妈"，奶奶才清醒过来，抱起我父亲，号叫一声，向那两间木刻楞奔去。

从那以后，好长一段时间，奶奶都心有余悸，她再也不敢离开那两间小屋半步了。

二

父亲永远忘不掉那次平岗山战役，一次平岗山战役让他白白损失了一个营的兵力，还有他那位生死与共的左膀右臂马团长。

父亲那时是师长了，平岗山战役打得很苦，一一二号高地、一一三号高地反复争夺了几次他们才拿了下来，两个高地前的一一一号高地却静悄悄的没有一丝声息。父亲在掩蔽所里，用望远镜观察，展现在他眼前的是一片山岗，山岗周围飘着袅袅的雾气，什么也看不清。三个高地呈品字形，一一一号高地是三个高地中最前面的一座山峰，在战略上讲，那个高地是喉咙，要是能守住一一一号高地，其他两个可攻可守，一劳永逸，可那里偏偏没有动静。站在他身旁的马团长也看出了疑惑，马团长也举着望远镜，看了半晌之后，扭过头冲父亲说："师长，我看一一一号高地一定有什么名堂。"

父亲展开平岗山的地图，仔细看了半晌，心想怪了，美军再傻，也不会傻到扔了一一一号高地，而苦守一一二号和一一三号高地。也许是美军害怕了，主动放弃那块阵地收缩防守了？

父亲就对身边的马团长说："马团长，带一个营拿下它。"

马团长就说："师长，我看再观察一下，说不定有什么名堂。"

父亲很不高兴，他不喜欢在战争面前有人和他讨价还价，况且时间不等人，要不马上拿下一一一号高地，夺下的这两块高地也难守。马团长心事重重，他有自己的看法，他和父亲东打西杀这么多年了，太了解父亲的脾气了，他什么也没说，准备去了。准备完的马团长又找到了父亲，他站在父亲面前说：“师长，我有一事求您。”父亲不解地望着马团长，马团长说：“一一一号高地一定有什么名堂，但我服从你的命令。要是我回不来，我只求你一件事。”父亲突然觉得马团长有些婆婆妈妈的，但还是说：“你说吧。”马团长说：“您回国后照顾好我的老婆。”父亲感到马团长好笑，马团长以前从没有说过这么多的话，父亲有些疑惑地看了看马团长，这时他看见马团长眼里有泪花在闪动，便点点头说：“我答应你。”马团长庄重地给父亲敬了一个礼，转回身长出一口气，带着队伍走了。

马团长带着一个营奔向一一一号高地是清晨时分，马团长带着人马奔到一一一号高地山下时，还通过步话机向父亲报告说：“没有发现任何情况。”父亲已经布置好了两个山头的所有火力随时准备支援马团长。

父亲听到马团长报告，心里一阵暗喜，他怪马团长大惊小怪，小题大做。马团长奔到一一一号高地山腰时，仍报告没有发现任何敌情。父亲转回身，狂喜地冲指挥部所有的人说：“一一一号高地是我们的了。”接下来马团长就失去了联络，不管指挥所怎么呼喊马团长，马团长就是一点儿信息也没有。父亲走之前，告诉马团长夺下一一一号高地时发三颗绿色信号弹。按时间推算，马团长他们应该早就到了一一一号高地的主峰了。父亲举着望远镜，眼前一一一号高地仍是烟雾迷蒙什么也没有，指挥所内呼唤马团长他们的声音不断，可那面就是没有一丝回音。父亲觉得事情不妙，准备再派人去查看时，这时美军向一一二号和一一三号高地发动了猛攻，头上的飞机，地上的坦克，还有黑压压的敌军一起攻来。父亲激战几个小时之后，接到上级命令，为了保存实力撤下阵地。

父亲他们撤下阵地后，仍没见到马团长他们。他百思不得其解，马团长他们一枪没放，怎么一个营就失踪了呢？

整个朝鲜战争结束，父亲仍没有马团长和那个营的下落，父亲曾想过马团长他们被俘，可几批俘虏都交换了，也没有看见马团长和那个营的人。父亲有几分失望几分落寞，一一一号高地一枪没放，一个营的人怎么说没就没了呢？父亲又想到马团长说的那句话：“一一一号高地一定有什么名堂，但我服从你的命令……”还有马团长眼里闪着的泪花。父亲想到这儿，心猛地一颤，难道马团长在去一一一号高地之前就预感到什么，他是先知先觉？

马团长和一个营失踪的疑团曾笼罩在父亲心头大半生，直到有一天，马团长突然出现在父亲面前，才解开那笼罩在父亲心头的疑团。

父亲没有忘记曾允诺过马团长，回国后他就找到了马团长的妻子，我的母亲。父亲坐在母亲面前，就说到了那次战斗，此时的父亲只能说马团长牺牲了。母亲好久没有说话，苍白着脸呆定地望着父亲，母亲知道，嫁给军人随时准备做寡妇，但得知这一切时，还是惊呆了。马团长在母亲的心里没有留下太多的印象，长春解放后母亲就嫁给了马团长，可刚结婚没几天，马团长就又走了，直到全国解放，母亲才踏踏实实和马团长生活了一段时间，那段时间对于夫妻却像流水似的，说过去就过去了，后来马团长就去了朝鲜。母亲对马团长说不上爱，也说不上不爱，马团长只是个影子，一个男人的影子，在母亲面前飘来又飘去。

母亲还是哭了，她一个普通的纺织女工还没有经历过如此大的打击。父亲望着母亲的眼泪，又想到马团长临走时含在眼里的泪水，站起身开始踱步，父亲每次大战前也喜欢踱步，他在思考。这时父亲眼前闪现出娟的影子，那个调皮纤瘦少女的形象，娟回国时已经是二十岁的大姑娘了，可留在父亲印象里的永远是那个天真未泯的少女。父亲想到了娟，就又望一眼母亲，母亲伤心欲绝，伏在床上肩膀一耸一耸地抽动。母亲哭的不是马团长，她在哭自己的命不好。本想嫁给了一个男人，有了依靠，虽然那依靠不在眼前，却在心里，突然，那依靠就没了，母亲的心里一下子就空漠起来。

父亲望一眼床上的母亲，就停止了踱步，站在那儿一字一顿地说："如果你同意的话，就嫁给我吧。"母亲清晰地听见了父亲这句话，当时就不哭了，她抬起红肿的眼睛望着父亲。父亲避开母亲的目光，望着窗外，这时父亲又想到了娟的形象，娟伏在马背上，一张小脸涨得通红。父亲又说："我答应过他。"

母亲好久没有说话，就那么望着父亲。

父亲也没有说话，就那么望着窗外。此时父亲眼里娟的形象没有了，笼在他眼前的是那疑团：一个营怎么说没有就没有了呢？

不知道过了多长时间，母亲突然清晰地说："我答应你。"

父亲从窗外收回目光，看定母亲说："那就准备准备吧。"

说完父亲走出了母亲那间小屋。

母亲似乎没怎么考虑就答应了父亲，母亲那时还不知道什么是爱情。母亲是个女人，女人需要的是靠山，女人的靠山是男人。

没多久，母亲就和父亲结婚了。

三

父亲和母亲去了新疆，杜阿姨回了江西老家，我便再也没见过她。

当年杜阿姨送大姨和我上火车时，才三十来岁。火车渐渐地远去了，我看见杜阿姨笨拙的身子向前走了几步，挥起了手，模糊中杜阿姨的眼里流出一片泪水。

父亲从朝鲜回来后杜阿姨就来到了我家，一直把我带到八岁。

杜阿姨是烈士的妻子，杜阿姨的丈夫死在了朝鲜，是营长，一直在父亲那个师。杜阿姨的丈夫也是江西人，部队南下时，杜阿姨结了婚，全国解放后，部队又回到了东北，杜阿姨就随队伍来了。丈夫在朝鲜牺牲后，按政策杜阿姨应安置回老家，可杜阿姨不愿再回去了，便来到我家，那时我还没有出生。她先是带姐姐媛朝，后来媛朝大了，她又带我。我记事之后，杜阿姨经常带我去军区大院那排被服仓库里去，仓库的一头有一个房间，住着一个胳膊有些毛病四十来岁的男人。后来我知道那男人姓刘，叫刘有才，是个团长。刘团长是第一批交换俘虏回国的，曾有一段说不清楚的历史，回来后他便再也不是团长了。他不愿离开部队，老家已经什么人也没有了，便对父亲说："师长，就让我看仓库吧，反正得有人看。"刘团长是说不清楚的人，父亲做不了主。父亲同情刘团长，便向上级打了报告，并说了许多好话，刘团长终于留下来了。刘团长就成了一个仓库看门人。

刘团长右手受过伤，一直悬在胸前，有人到仓库里领东西，刘团长就从墙上摘下一串钥匙，钥匙们就欢快地响着，刘团长用左手开锁，开完锁刘团长就站在门口冲来人笑一笑说："请多包涵。"我不懂刘团长让来人包涵什么，刘团长脸上一直挂着笑。

来找刘团长领东西的大都是一些很年轻的人，那些人对刘团长似乎都很尊重，一口一个刘团长地唤，这时刘团长就白了脸说：“莫这么叫，那是过去的事了，就叫我刘保管吧。”来人不说什么，只是笑。

后来杜阿姨领我到刘团长那间小屋里玩，我一见迎出来的刘团长就说：“刘团长我们来看你了。”刘团长就堆出笑道一声“小调皮”，并捏一捏我的鼻子。

杜阿姨一到刘团长的小屋里就有说不完的话，杜阿姨这时的脸还是红红的，垂着头不停地瞥着刘团长，刘团长似乎不敢正眼看杜阿姨，一双眼睛总是躲躲闪闪的。

杜阿姨和刘团长说话时，我觉得一点儿意思也没有，就冲杜阿姨说：“我出去玩。”杜阿姨说：“莫跑远。”我就出去了。

那天，我在仓库墙根下的草丛里看见了一只青蛙背着另一只青蛙不慌不忙地往草丛里走，以前我见过青蛙，都是单只的，这一发现使我又惊又喜，我跑回那间小屋，想让杜阿姨也来看。我推门进去时，看见杜阿姨正坐在刘团长的怀里，刘团长从后面把杜阿姨拦腰抱在怀里，杜阿姨一见到我，脸就红了，挣开刘团长的怀抱。我一见到杜阿姨和刘团长就笑了，一下子想到那两只驮在一起的青蛙，就说：“那里有两只青蛙和你们俩一样，也驮在一起。”杜阿姨和刘团长听了都怔了一下，转瞬，杜阿姨的脸更红了，刘团长就嘿嘿地笑。半晌，杜阿姨就对我说：“小孩子，莫和别人说这事。”我不懂杜阿姨为什么不让我说这事，但还是点点头。

刘团长很少有快乐的时候，有时杜阿姨忙，不能到刘团长这里来，我就一个人来。刘团长就愁眉不展，不停地吸烟，叹气，望天。这时我觉得刘团长一下子就老了。刘团长墙上挂着一支笛子，我觉得无聊时，刘团长就对我说：“小调皮，我给你吹支曲吧。”刘团长就从墙上摘下了那支发乌发亮的笛子。刘团长吹笛子时神情很专注，他吹出的曲子一点儿也不让人欢乐，幽幽怨怨的，似哭似诉，这时我就看见刘团长眼睛先是潮了，最后就有一颗接着一颗的泪水从他那深深的眼窝里流出来。我听着那笛声也想哭。吹累了，刘团长又吸烟，望着西天渐去的晚霞，只有杜阿姨来到这里，他才高兴。

后来我就发现杜阿姨的腰身渐渐粗了。有一天晚上，杜阿姨在我母亲面前哭了，母亲不说话，后来父亲进来了，也不说话。半晌母亲试探地问：“玉坤，我看让老刘和杜阿姨办了吧？”父亲在地上开始踱步，拧着眉头一步一步地走，杜阿姨就满怀希望地望我父亲，过了半晌，又过了半晌，父亲就说：“试试看吧，我看难。”杜阿姨先是一喜又一悲，哽哽地说：“那我和老刘先谢您了。”父亲摆了摆手，出去了。

我不知道什么叫办，就问母亲。母亲就说：“是结婚。”我就问：“是杜阿姨和刘团长结婚吗？”母亲点点头。我就高兴地蹦跳着跑出去，边跑边喊：“杜阿姨要结婚喽，杜阿姨要结婚喽。”

杜阿姨终于和刘团长没有办成，父亲和母亲就去了新疆，杜阿姨没法再待下去了，一个人回了老家江西。那是大姨把我接走以后的事了。

很多年过去了，刘团长也老了。后来我听说刘团长去了江西两次，曾提出过和杜阿姨结婚的事，都被当地政府卡住了。刘团长和杜阿姨一直没有办成。

老了的刘团长，不再看守被服仓库了，那是一九八二年春天，听说中央对被俘虏过的人员又有了新政策，刘团长又恢复了团长待遇，宣布退休了。退休后刘团长住在干休所的一套房子里。

退休后的刘团长又去了一趟江西，听说那一次他终于如愿以偿地和杜阿姨办了。和杜阿姨结婚的刘团长，把杜阿姨又接了回来，住在那套干休所的房子里。

没多久，刘团长突然心肌梗塞死了。又剩下杜阿姨一个人。刘团长死后，一个二十多岁的男人把杜阿姨又接走了。那个男人是刘团长和杜阿姨的儿子。

发生这些事的时候，我正在部队里当排长。

我再也没有见到过杜阿姨，也没有见到过刘团长。

又过了几年以后，我去江西出差，打听到杜阿姨的地址，去看了她一次，也没有看到，那时杜阿姨已经死了。她的儿子捧出了杜阿姨的骨灰盒，骨灰盒上镶着一张杜阿姨的照片，那张照片不知是杜阿姨什么时候照的，头发都白了，脸上的皱纹纵横交错，一双苍老又顽强的目光正痴痴呆呆地望着远方……

年轻的杜阿姨已经不存在了，留给我的是一个黑色的骨灰盒，和一个普通妇女年老时的形象，我又想到了杜阿姨带我去刘团长小屋里的日子，我哭了。

杜阿姨的儿子没有哭，他扭过头正望窗外一朵浮云。杜阿姨的儿子仍自言自语地说："是人都要死的。"

我的心颤抖了一下。

四

表哥用手引爆了那颗地雷，用他的一只手换回了我的一条腿。

我护送着表哥的担架一直到了野战医院。到了医院表哥醒了，他睁开眼的第一件事就是去看我的双腿，他看到我的双腿仍完好地长在我的身上，咧开嘴脸色苍白地冲我笑了笑。我感到一阵从未有过的晕眩，我看见表哥望了一眼缠满绷带的右手，绝望地闭上了双眼，少顷，有两颗又圆又大的泪珠顺着表哥苍白的脸颊流了下来。我在心里呼喊了一声："表哥。"这时我想起了大姨，想到大姨送我和表哥参军前顶着瑞雪在路上冲我们招手的情景，又想到了表姐还有大姨父，我的泪水也不知不觉流下了脸颊。

在我返回部队的途中，我走得小心翼翼，步履蹒跚，丛林里只有我一个人，我想着表哥，心里就有一股说不清的滋味，想着表哥放牛在山梁上等我放学时的情景，我的眼前又模糊了。我正在这么想的时候，突然前面草丛动了一下，我警觉地立住脚，端起了枪。草丛仍在动，我觉得那里似乎有人，我现在是在越南的国土上，随时都有危险发生。我伏在一棵树后，那草丛动了一阵之后就停下了，过了一会儿又在动。我断定，那是个人，我突然从树丛后跃起用越南语喊了一声："缴枪不杀!"我们参战前曾教过这样的简短用语。草丛里哆里哆嗦地钻起了一个头戴钢盔的越南兵，那个兵刚立起的时候，是背对着我，一点点地从草丛立起来，举着双手。我端着枪一步步地走过去，两眼不停地向四周搜寻着，我怕中了敌人的圈套。当我来到那个兵面前的时候，才确信只有眼前这一个人，我的胆子大了一些，又喊了一声："缴枪不杀!"那个兵仍举着双手慢慢地转过了身子，转身的刹那，我呆住了，是个女兵。她头发从钢盔里露出了一半，苍白着脸，一双黑黑的眼睛里流露出惊恐和惶惑。当她看到只有我一个人的时候，胆子似乎稍大了一些，突然用汉语说：“解放军。”我一惊，问：“你会说汉语？”她犹豫着冲我点点头。我又警惕地向四周看了看，问：“就你一个人？”她点点头，她点头的时候手慢慢地放下了，她点头那一瞬间头上的钢盔掉了下来，在草地上滚了滚，她看了一眼，并没有去拾，她觉得也没有拾的必要了，因为自己已经成了一名俘虏。

她头发披下来，我这才看清，她的年龄还很小，紧身衣服下乳房刚刚隆起两个小丘，我低头看时，才发现她打着赤脚。脚上沾满了泥巴，那两只脚正不安地在草地上挪动。她的脚旁有新抠过的草根，我再望她的脸时，发现她的嘴角还沾着一缕绿汁。我这才恍悟，原来她在这里抠草根吃。我的心动了一下，从挎包里掏出两块压缩饼干递给她，她惊愕地望了我一眼，犹豫着伸出一只沾满草汁的手接了过去，先是咬了一小口，接着便把一整块饼干都填到了嘴里。她鼓着腮，梗着脖子很快便把那两块饼干吃完了。她意犹未尽地舔舔嘴角，我又把水壶递给她，这次她没有犹豫，喝了几口水后把水壶还给我，说了句：“中国，好！”

我说：“你是俘虏了。”

她点点头。

我说：“把你身上的武器拿出来。”

她摇摇头，见我不解，她又说：“扔了。”

我重新看了一眼她光溜溜的身子，除腰上扎了个腰带外，的确没有什么东西可以隐藏的。我就说：“走吧。”我在后她在前，就向部队赶去。

在路上她告诉我，她小时候来过中国，在中国待了四年，她的外婆现在还在广东，后来她便回国了。她说她不想打仗，但政策不让，政府说她外婆已经让中国人杀了，她就来打仗了。两天前，他们的队伍让解放军给打散了，她一个人跑了出来，不知其他人都跑到哪里去了，她迷路了，先是哭，后来没力气哭了，就把身上的武器扔掉了。她还告诉我，她一连一个星期也没吃过一顿饭，她饿得受不了，就挖草根吃。

后来我还知道，她有个中国名字叫胡丽，今年十七岁。我望着她瘦小的背，想到了这场战争。

我就问："你害怕打仗吗？"

她扭过头惶惑地望我一眼，声音颤抖着说："我没杀过人，我往天上开枪。"

半晌，她眼里突然含了泪问我："你们杀了我外婆？"

我说："那是你们政府造谣，没人杀你外婆。"

她不信地问："真的？"

我点点头。

突然她破涕为笑了。

走着走着，她突然蹲下了身，我一惊，以为她要耍什么花样。她看了我一眼，两手撑着肚子，皱着眉头。我说："起来，你要干什么，别耍花样。"

她抬起脸，望我一眼，突然脸颊掠过一抹红潮，说："肚子疼。"

我仍然以为她在耍花样，想骗过我，溜掉。

我强硬地说："起来。"并伸手去拉她。她站了起来，手仍捂着肚子。她的脚步有些乱，然后她快步走了起来，我端着枪紧紧随在她后面。她跑到一丛树丛后面脚停下了，回过身，脸红红地冲我说："我要撒尿。"我一惊，把脸背过去。我怕她跑掉，虽然她此前和我说了许多话，但我仍不能完全信任她，我别过脸去的时候，仍没放松警惕。半晌，她站了起来，我望了一眼她刚刚蹲过的草地，那里留下了一摊猩红，我又想到她刚才的肚子疼，原来她来了月经。我的脸有些红，也有些热，她再回头和我说话时，我不再敢看她的眼睛，那一年我才二十岁，女人对我来说，还很神秘，女人是另外一个世界。

"你有妹妹吗？"她问我。

我摇摇头。

"你有姐姐吗？"胡丽又问。

我想起了媛朝，想起了表姐，那时姐姐已经考取了白求恩医科大学，父亲也已从新疆回来了。我点点头。

胡丽又说："你姐姐也来打仗了吗？"

我摇摇头。

胡丽就说："我不想打仗。"

我望着胡丽的脸，想：是啊，她这个年龄的女孩正是上大学的时候，如果父母不去新疆，此时，我不也正坐在大学的教室里吗？想到这儿，我的心一下子沉重了起来。

"你们不杀俘虏吧？"胡丽又问我。

我说："解放军从来不杀俘虏。"

胡丽似宽了心，她走在我的前面，脚步一下子变得轻盈起来。

“不把我送回去行吗？你们中国多好。”她天真地问我。

我不置可否，没有点头也没有摇头。

她就很沮丧的样子，一路再没说话。

我回到了部队，把胡丽交给了前沿指挥部，指挥部又把他们这批俘虏送回到国内。

战争结束的时候，我的伤已经好了，在友谊关交换俘虏时，我也参加了。我站在一列队伍中，看着眼前走过来的一群俘虏，我一眼就认出了胡丽，她比几个月前胖了，脸孔红红的，但她一脸的哀伤。她也在那一列士兵中认出了我，她不能说话，冲我凄婉地笑了一下，我一直目送着胡丽向友谊关走去。当跨过友谊关时，她回了一次头，恋恋不舍地看了一眼中国的天和地，这时她的眼里流出了两行泪水。我的耳畔又响起她说过的话：“不把我送回去行吗？你们中国多好。”我的心也猛地一动。

接下来，我也看到了那些被越南送回来的我们的战士。那其中也有许多女兵。她们披头散发，面容憔悴，她们一走过友谊关就失声痛哭。那哭声惊天动地。我亲眼看到一个大眼睛女兵，一走过友谊关，就趴在了地上，用她的双唇拼命亲吻着中国的土地。还有人喊了一声“中国”，便泪如雨下，在场所有迎接的中国士兵都哭了。两股人流紧紧拥抱在一起，眼里流着泪水，此时，不管是男兵，也不管是女兵，相互抱着说着。

最后抬过来一排担架，那是中国的伤兵，他们躺在担架上，轮流和每一个走上前来的人握手，眼里流着泪水，哽咽得说不出一句话。这里面还有不少女兵，担架上的她们下肢处空空荡荡的，她们一脸茫然，泪水苦涩地流着，两眼呆痴无神。

后来我知道，我们不少女兵被俘后，被强奸了。那些孩子最后有的被生了下来，孩子的母亲不愿意承认这一现实，她们不肯接受孩子。后来在中国某地专门成立了这样一家孤儿院。这家特殊的孤儿院，有一大群这样的孤儿，他们失去了父母。

后来我和眉曾无数次地去过这家孤儿院，我们看到了一个个无忧无虑的男孩女孩，过着幸福的生活，在游戏、嬉闹，我就想，可怜的孩子们，你们知道你们是怎么出生的吗，知道你们的父母现在在哪里吗？

眉站在我的身旁望着眼前的孩子一直泪流不止，我知道眉没被俘虏过，这里也没她的孩子。她却在哭泣，为了这些孩子，为了这些孩子的母亲们。

一九九二年的春天，我又去了一趟友谊关，我是为了一种说不清的缘由和心理去的。那里有一个双边贸易市场，中国人，越南人，男人和女人蚂蚁似的在那里涌动，兜售手里的东西。我茫然不知所措地望着眼前这些涌动的人群，突然一个女人说：“先生看货吗？”我扭过头去看，一下子怔住了。我看到眼前一个丰满的越南少妇，提着一个沉甸甸的提包站在我的面前，虽然时隔十几年了，我还是一下子认出了眼前站着的这个女人就是当年被我俘虏的胡丽。她也认出了我，怔过一阵之后，她说：“现在多好，不打仗了，日子好过多了。”

我又想到了她在广东的外婆，便问：“你外婆好吗？”

她答：“两年前就死了。”

后来她告诉我，外婆死时她还去了广东一趟，去奔丧。她兴致勃勃一遍遍地冲我说：“现在多好啊。”

我望着眼前越南人和中国人混杂的人群，如蚁似的在眼前涌动，他们扯开嗓子拼命地喊：“看货吗？看货吗……”胡丽不知还在说什么，我的耳旁已轰鸣一阵，什么也听不见了。

第十一章

一

那一年冬天，爷爷他们十个人像野兽一样东躲西藏，山被日本人封了，下山已没有希望。爷爷他们眼看就要冻死、饿死，这时他们听说赵尚志的游击队正在牡丹江那面闹得红火，便投奔了赵尚志的游击队。爷爷他们被编在十八小队，爷爷当小队长。

就是那年冬天，日本人纠集了所有的兵力大举搜山，爷爷他们的游击队边打边撤，日本人拼命地在后面追，游击队一部分人，包括爷爷的第十八小队，逃过了鸭绿江，跑到了朝鲜，躲过了那次大规模的搜山。

后来开黑枪打我父亲的乌二，就是在那次搜捕中，逃离了游击队。

爷爷在逃命的途中，无时无刻地不在思念小凤，思念小凤怀着的孩子。按照时间推算，那孩子也该出生了。爷爷想起这些，便越发地思念小凤。就在爷爷无比思念小凤的冬天，我父亲出生了。

那一次爷爷他们在朝鲜躲了两个月，日本人撤兵的时候，他们又回到了大兴安岭的山上。不久，赵尚志在牡丹江被日本人枪杀。日本人乘虚而入，又对游击队的残部搞了几次突然袭击，爷爷带着十八小队的人和游击队跑散了，无奈逃回了疯魔谷。

日本人仍在后面紧追不舍，爷爷带着十八小队已经无路可逃了，他们便背对着疯魔谷和日本人展开了一场生死战。那是一场残酷的战斗，十八小队已经没有了退路，敌人也号叫着，边打边冲，十八小队杀红了眼，最后子弹打光了。十八小队的人都是当年跟爷爷拉山头的那些长工，看着蜂拥而至的日本人，他们绝望了，他们齐刷刷地跪在了我爷爷的面前，一起喊了一声："大哥，我们完了。"爷爷也跪下去了，他望着眼前伤的伤、残的残的兄弟们，想到当年一拳打死日本浪人后，这些兄弟视死如归地拥着他逃到山里，以后又和他忍饥挨饿东躲西藏……爷爷的眼泪就流了下来。爷爷清楚，十八小队今天的路已经走到头了，除了身后的疯魔谷他们再也无路可走了，爷爷这时抬起头又望见了疯魔谷旁福财和大发的坟头，他脑子里陡然闪过小凤的形象，心就战栗了一下。这时爷爷看见已经爬上来的日本人正一点点地向他们逼近，爷爷心里清楚，就是死也不能落到日本人手里，他们和日本人有不共戴天的仇恨。

爷爷这时站起来，子弹"嗖嗖"地在他头上掠过，这时爷爷已经没有了眼泪，跪下的那些十八小队的弟兄们也站了起来，他们此时已经感觉不到日本人的存在了，有的，只是他们一个集体。这时爷爷冲那些拥上来的日本兵撕心裂肺地骂了一声："×你妈，小日本。"十八小队的弟兄们也转过身，冲拥上来的日本人怒目圆睁。日本人越来越近了，他们已不再射击了，从三面一点点地向十八小队的弟兄们围过来。十八小队的身后就是刀削斧凿的疯魔谷，爷爷回头看了一眼曾经救过他们两次命的疯魔谷，走到了崖边，回过身冲望着他的十八小队的弟兄们喊了一声：“咱们都是中国人，死也不能死在日本人手里，跳吧！”爷爷第一个跳了下去，后面的那些人也随着爷爷跳了下去。爷爷在快速下落的过程中，想到了小凤，想到了小凤那双眼，那腰身，那气味，一切一切都要离他而去了，爷爷痛不欲生地在心里喊了一声：“小凤——”

逼上来的日本人惊呆了，他们端着枪，张着嘴，眼睁睁地看着十八小队的人在爷爷的带领下跳下了悬崖。

爷爷醒来的时候，发现自己棉袄的后襟正挂在一块崖石上，他被吊在空中，冷风正从他敞开的棉袄处呼呼地往他身体里灌，直到这时他才知道自己没有死。他清晰地看见，十八小队的人横躺竖卧地惨死在崖下的景象，他闭上了眼睛。

爷爷又一次从疯魔谷里死里逃生。爷爷后来一趟又一趟地从疯魔谷里把十八小队弟兄们背出来，把他们和福财、大发埋在了一起。疯魔谷的崖旁，留下了一片墓地，那里共有二十三座坟冢。

爷爷守着这些坟冢，一直等到春天，他看见山下的日本人已对山里放松了警惕，才离开疯魔谷，找到了那两间木刻楞。那时余钱已经死了，小凤心有余悸地带着我父亲几乎快疯了，这时爷爷回来了。

若干年后，我走了一遍疯魔谷，这传奇式的疯魔谷在我心里留下了不可磨灭的烙印。此时疯魔谷早已风平浪静了。疯魔谷依然似当年那般陡峭险峻地呈现在我的眼前，头上只剩下一条窄窄深深的天，悬崖峭壁上长满了绿色苔藓，我也看到了留在疯魔谷中当年日本浪人和日本士兵留下的一具具尸骨。我看到这些真实的尸骨时，当年疯魔谷的景象，一次次在我眼前闪现。此时，我走在疯魔谷里，真希望亲眼目睹奇迹再一次发生。那飞沙走石，响彻云霄的隆隆巨响，遮云蔽日……结果什么也没有发生，疯魔谷仍旧风平浪静，幽深空洞。

在来之前，我曾听当地的人说，早就听不到疯魔谷的怪叫和咆哮了，人们砍柴挖药材经常在疯魔谷里出没。当地人对那些尸骨的解释是，也许是日本人迷路了，冻死饿死在疯魔谷里。当我听到这样的结论时，心里顿时很空，无着无落的。

就在我要离开疯魔谷时，一个采金队开进了疯魔谷，他们在疯魔谷口竖起了高高的钻塔。我请教了一个随采金队的地质专家，提到了当年疯魔谷那种奇怪的现象，他想了想说："也许是地震，要么是一种自然现象，也许真的是传说。"

我对专家的答案满意也不满意，可当我走到那里时，真实地看到了墓地，那块墓地已是二十四座坟冢了，那里添了爷爷的一座坟头。

我默默地立在这些当年抗联游击队员的墓前举起了右手，向他们敬了一个军礼。他们是军人，死在疯魔谷，他们是弹尽粮绝跳崖而死的，这就是真实的一切，我举起的右手也是真实的，关于疯魔谷的传说真实与否对我来说已经不那么重要了。

我久久地默立在这些军人墓前，听着风声从墓地上吹过，似听这些军人们在默默地诉说着那一段悲壮的传说。

当我离开疯魔谷时，已经是夕阳西下了。我回头看了一眼疯魔谷，看到采金队竖起的高高的钻塔，矗在那里，静静的，似在等待开钻后那一声轰鸣。

我想，疯魔谷很快就要热闹起来了，说不定在这里真的会采出一座金矿。

二

母亲作为一个女人她太普通了，正因为她太普通，才造成了她爱情的悲剧。

母亲轻而易举地答应了父亲，她把父亲当成了一个靠山，一个像马团长一样的靠山。父亲从结婚开始就不爱母亲，他只是为了践行对马团长的承诺。他答应过马团长，马团长像谜一样在平岗山失踪，父亲那颗对战争自信的心也随之失踪了。失去战争的父亲，一切都变得麻木而苍白，包括他的爱情。母亲在答应嫁给他那一瞬间，他曾想起了少女娟的形象，那只是一瞬间，便向少女娟告别了，他在告别一段温馨又美好的回忆。

母亲嫁给了父亲之后，便离开了长春，来到了父亲驻军所在地。母亲嫁给了父亲，把整个生命一同嫁给了父亲。

在抗美援朝战争结束后，没有了战争的日子里，父亲一声不吭，眉头紧锁。父亲日日夜夜都在想那次平岗山战役，他弄不明白，一个营的人马怎么悄无声息说没就没了。一一一号高地在父亲心里犹如一口洞开的陷阱，父亲觉得自己的整个身心也随那个营一同掉了下去。

父亲一声不吭，对母亲冷若冰霜，母亲对父亲却似一团火，一团熊熊燃烧的火。每天父亲下班回来后，母亲都要端来一盆热水放在父亲脚下，母亲又蹲下身帮父亲脱去鞋袜，捧起父亲的脚放到温热的水里，这时父亲仍一声不吭，他锁紧眉头，闭上了眼睛。母亲捧着父亲的脚，犹如捧着一对圣物，虔诚地搓洗着。

每次洗完脚，父亲都要拧开收音机，听一听新闻。这架老式收音机是父亲从战场上得来的。父亲听新闻时异常专注认真，他在新闻里捕捉着国际国内形势的变化。他盼望能再有战争打响，只要有战争，他又会变得生龙活虎、年轻有力。

父亲在一次次的新闻里，没有能得到他期望的消息，便脱衣躺在床上，伸手拉灭了灯。这时母亲挪过身子，用火热的身体拥着父亲，并用一双手抚摸父亲，她每摸到父亲一块伤疤，手都要停留片刻，那双手颤抖又潮湿，她在搜寻那一场场战争。父亲不动，母亲摸完一遍父亲的全身，双手便停住了，片刻她就用一双女人温暖又绵软的臂膀拥着父亲，母亲把整个胸怀贴向父亲，父亲僵硬的身体便一点点地开始融化了。母亲这时就喃喃地说："我想有个孩子，孩子……"母亲的声音越来越小。父亲闭着眼，转过身，他粗暴地挣开母亲的手，压在母亲的身上，母亲在父亲还没有进入前就已经战栗不止了。她化成了一摊泥，化成了一摊水，那水又蒸发成一片雾，最后，雾又变成了一片悬在天上的云……母亲的面前展现出了无限广阔的天地，那里有美丽的山川、河流，母亲幸福地轻声歌唱起来，她在用整个心来歌唱，那歌声优美动听。父亲在母亲的歌声里想到了少女娟，想少女娟一遍遍地为他唱过的那首小黄花歌谣。父亲一想到少女娟，路很快就走到了尽头，父亲在母亲身上颤抖了几下，便从那首小黄花的歌谣里走了出来，很快翻个身便睡去了。母亲却睡不着，她还没有完全从云里落下来，她仍整个身心拥着父亲。父亲的鼾声高一声低一声地响起，母亲睁着眼睛，静静地听着那鼾声，母亲听着它，就像听一首抒情歌曲，激动不已，心旷神怡，便慢慢地在那歌声里睡去了。母亲梦见了一匹白马，白马在绿茵茵的原野上向她奔来。她渴望有一匹马，她迎着那马跑去。白马向她嘶鸣、撒欢。白马跑到了近前，她却不知怎么办，愣愣地看着那匹白马，白马在她身边转了几圈之后，又跑了，跑向原野的尽头，跑向天边……

母亲在梦里，先是怀上了姐姐媛朝，后又有了我。

父亲白天不在家，母亲就抱着姐姐媛朝等待我父亲，母亲一提起父亲，心里就无比温柔甜蜜，就冲不懂事也不会说话的姐姐说：“爸爸骑马接你当兵了！记着，你爸是个当兵的。”姐姐在母亲的怀里咿咿呀呀地笑，母亲也笑。父亲不在家，母亲心里就很空，无着无落的。只要一看见父亲的身影，她那空荡的心马上就会充实起来。她一遍遍地冲姐姐说：“你爸回来了，我要去做饭了，爸爸回来啦！”母亲迎向父亲，把姐姐递给父亲。父亲拧着眉头接过姐姐，姐姐一看见父亲拧着的眉头就大哭了，父亲就把姐姐递给杜阿姨，杜阿姨那时候已经来我家了。父亲很疲倦的样子，恹恹的，他又拧开那部收音机，他在等待新闻，等待有关战争的新闻。父亲不管有没有新闻，都长时间地开着收音机，全不管收音机里播放的内容。然后父亲就想平岗山战役，一一一号高地留下的那个疑团。父亲一直保存着那场战役的作战地图，他一看就是大半天，痴痴的，呆呆的。他一看见那张放大的局部作战地图，仿佛又走进了那场战争，没有硝烟，没有枪炮声，一切都静悄悄的，只有一缕缕黎明前的云雾在阵地上缭绕。父亲的眼前飘着一片拨不开的迷雾。

父亲在想到那场战役时，就想到了马团长，想到马团长就想起了母亲。他抬头看着忙进忙出的母亲。母亲因满足脸上漾着红晕，父亲突然觉得眼前的母亲很陌生也很遥远，他陡然意识到，眼前的女人应该是马团长的女人呀。父亲想到这儿，浑身冰冷，一块沉甸甸的石头压在胸口。

母亲因为有了依靠，满足又快乐。她很少想起马团长，马团长在她的心里只是一个模糊的影子，父亲出现后，那影子似云遇到了风很快就飘散了。很快，母亲就踏踏实实、忠心耿耿地爱上了父亲。

那件事情发生后，父亲便是犯了错误的人了。母亲得知父亲犯错误了，便哭得昏天黑地，痛不欲生。组织上来人了，来人对我母亲交代政策，让我母亲带着孩子和父亲划清界限……刚开始母亲没有注意听这些劝告，当听清后，她停止了哭泣，红着眼睛斩钉截铁地说："不，他是犯错误的人，我也是犯错误的人了。枪毙他，也把我枪毙了吧。"柔弱温顺的母亲能说出这样一番激昂的话语，无疑，一切都是为了爱情。

母亲义无反顾地随父亲去了新疆，一直到她死。她从没对父亲有过一丝半点儿的怨言，一直到死都深爱着父亲。

当若干年后，我去新疆把母亲从荒凉的戈壁滩捧回来的时候，父亲望着我怀里的母亲，突然眼角滚出两滴浑浊的泪水。我望着瘫在床上的父亲，父亲那时已经不能说话了，我就想，父亲你明白母亲那爱了吗？你在忏悔吗？父亲痴痴地盯着我怀里的母亲，泪一直畅流不止。突然，父亲向我伸出了一只手，我把母亲递给父亲，他干瘦的手不停地颤抖着，一把把母亲紧紧地搂在胸前。父亲闭上了眼睛，我站在父亲的面前想，父亲你是在想母亲那一生的爱吗？可惜一切都太晚，太晚了。

三

父亲和母亲的结合，对父亲来说是一种形式和义务，没有一丝半点儿的爱。母亲无论从马团长还是从父亲这里都没有得到过那份属于自己的爱。母亲一生都不懂得什么叫被爱，她只知道默默地去爱别人。

父亲和母亲结婚了。转天娟去了父亲的办公室，怀里捧着一束纸绢扎的金达莱花。娟站在父亲面前，父亲望着眼前的金达莱又看见了娟少女的形象，在朝鲜时天真烂漫、无忧无虑的娟。娟把花插在父亲面前的一个空杯子里，一句话不说，定定地望着父亲。父亲看到娟的眼里先是潮潮的，后就有泪汪在那里，那泪又汇成一串，从娟的脸上流下来，心就颤了一下。父亲避开娟的目光去望那束金达莱，半晌说："你也大了，结婚吧。"

娟没说什么，仍痴痴定定地望着父亲，说："在朝鲜，现在已是金达莱开花的时候。"

父亲抬起头，想笑一笑，却没笑出来。

娟说："可惜，我们现在看不到真的金达莱了。"

父亲背过身，他不知道娟是什么时候离开的，他透过窗子看见有几队还在上操的兵，有力地在操场上走着，他看见娟低着头从这些兵们中间穿过去，他看到娟很瘦弱，脚步也有些乱。父亲的心里也有些乱。

父亲每隔一段时间就要去医院检查一下身体，他的身体里还有没有取出的弹片，每逢阴天下雨，他身上的伤就隐隐作痛。

每隔几天，娟都要给父亲按摩一次，娟一句话不说，每触到一块疤痕时，她的手就不自主地颤抖，娟用双手抚摸着父亲身体的每一处。父亲闭上眼睛，他仍能感觉到娟的眼泪一滴又一滴地落在身上，每逢这时，父亲的心就颤了颤。

娟的双手坚定不移，持久而缠绵地在父亲身上移动，娟控制不住自己时，便伏下身，去吻父亲身上的伤疤，她记得有不少伤疤是自己一次次换药，眼睁睁看着愈合的。她吻这些伤疤时，往事的每一幕都在眼前闪现，她记得父亲用粗大的手把她举上马背，又用厚实的胸膛，把她从马背上接下来，还有父亲那带着坚硬胡须的嘴吻她面颊时，那种奇异的感觉……

她自己也说不清楚，却已坚定不移地爱上了父亲。父亲每次出现在她的面前，她都呼吸急促，心跳不止，她想对父亲说点儿什么，可又说不出来，只慌慌地，一次次面对着默默地来又默默地去的父亲。

娟吻着父亲的伤疤时，父亲的身体不易察觉地在颤抖着。他感觉到有一种从来也没有过的新鲜感受，正通过那一吻，传遍他的全身，此时他的大脑已一片空白，昏昏然。他转过身时，娟已把自己投进了他的怀抱，父亲便用力地把娟抱向自己的胸膛。此时，父亲已经真实地感受到娟已经不是以前那个少女了。

父亲的喉结在这时，咕噜响了一声，像咽下了一团什么东西……父亲在这慌乱又昏然之中，猛地想到了马团长和一个营的神秘失踪，那是一团雾样的阴影笼罩着他。父亲的心慢慢地开始变凉，他搂着娟的手也一点点地变得无力与无奈。娟这时吃惊地望着父亲，父亲此时已经穿好了衣服，站起身走出那空荡荡的保健室。

娟一头扎在父亲刚才躺过的床上，她拼命地嗅着父亲留下的每一丝气味。这时娟泪流不止，后来变成了压抑着的呜咽。

母亲感觉到了娟的存在，她一点儿也不恨娟，她能感觉到娟对父亲那点点滴滴的爱，娟对父亲的爱，变成了对母亲的鞭策与鼓励。母亲觉得父亲娶她就是爱的见证，任何女人也不会从她身边抢走父亲。母亲用更大的关怀去迎接父亲，她以为那就是爱。

父亲在没有战争的日子里，度日如年，他不知道自己该干些什么，心神不定地去办公室，又情绪落寞地从办公室回来。没事的时候，父亲就展开那幅已经磨得发白的平岗山局部地图，痴痴呆呆的，一看就是半晌。枪声炮声重又在他耳畔响起，还有围绕在一一一号高地上那团神秘的雾气，这时父亲就痴了，他恍若已沉浸到另一个世界里。

母亲这时从来不去打扰父亲，她远远地凝望着父亲。母亲知道，父亲是个军人，就是指挥打仗的，父亲在思考问题。母亲觉得父亲这样很累，也很伤身体，就去冲白糖水让父亲喝。父亲不知道母亲在他面前放了白糖水，父亲在沉思默想中进入一种境界后，就举起了拳头，一下子砸在碗上，碗碎了，水洒了，母亲慌慌地跑过去，拿起父亲的手去察看，恍怔过来的父亲，粗暴地从母亲手里抽回自己的手，认真仔细地叠好那张指挥作战地图。母亲一时尴尬在那里，不知如何是好，她望着父亲，颤着声叫了一声父亲：“玉坤——”父亲捏捏手，母亲这时就又活泛起来，蹲下身去收拾碎在地上的碗。母亲的眼泪一滴又一滴地落在碎碗片上，母亲伤心的不是父亲对她的态度，她是在心疼父亲。父亲经常不断地唉声叹气，饭菜吃得无滋无味，只是痴痴呆呆地看着那张地图想心事，母亲不知那是一张什么重要的东西，母亲只在那上面看到了红红蓝蓝的圈。

父亲不想问题时，就听收音机，那架从朝鲜战场缴获的美式收音机“吱吱啦啦”地响着，父亲一直听到里面没有一丝动静了，才关掉开关，脱衣上床。他躺下的那一瞬间，自言自语地说：“怎么就不打仗了呢？”

母亲听到了那一声，心里就动了一下。昏暗的灯光里父亲满是伤疤的身体在母亲眼前闪了一下，母亲去摸父亲身子时，心里抽搐了一下，她终于明白了父亲闷闷不乐的原因，她摸着父亲浑身的伤疤，仿佛已经触到了那每一次战役中的枪炮声，父亲在梦中仍然呓语着：“杀呀，杀呀，都杀死他们。”母亲知道父亲还在做着一场关于战争的梦。

从此，母亲也学会了听收音机，父亲不在时，她拧开收音机，坐在一旁专心致志地收听，全不管里面播的是什么内容。突然有一天，母亲终于从收音机里听到了些蛛丝马迹，父亲一进屋，母亲就说：“玉坤，要和苏联开仗了。”

父亲望着母亲时，两眼里亮了一下，他从母亲的话中看到了一些希望。

那一段时间，有几个师已接到了往北调防的命令，父亲盼着那一天。他是个军人，只管打仗，只要有仗打和谁打都行。父亲一下子变得神采奕奕起来。父亲开始忙了，很少回家，他整日住在办公室里，他在等待着那一声部队开拔上前线的消息。父亲在等待的同时，又积极地开始锻炼起身体，他早晨一起床就跑步，一直跑到气喘吁吁大汗淋漓。

母亲变着法儿地为父亲调剂伙食，那时全国人民都勒紧裤带还苏联的债，母亲把家里所有的细粮只做给父亲一个人吃。母亲没有肉可买，就去肉联厂里捡骨头，那时肉联厂也没有什么可杀的了，自然也没有什么骨头可捡，但母亲还是能想方设法连偷带拾地带回一两块骨头。母亲回来后就把这些骨头洗净砸碎，然后煮，煮好后里面再放一些青菜，父亲一回来，母亲就把一锅热气腾腾的骨头汤端到了父亲面前。父亲喝得满头大汗，红光满面。母亲这时望着父亲惬意又满足。

母亲把所有的细粮都留给了父亲，她从不让我们吃一口细粮。在以后很长一段时间里，母亲总对我和姐姐媛朝说："你爸打仗，流了那么多血，不补咋行。你们一滴血也没流，吃啥都能活。说不定什么时候，你爸又得去打仗了。"

母亲跟着父亲一起期待战争。

四

一天，我在电视新闻里看到了眉和林。两人在一个隆重的报告会上，报告会还没有开始，记者采访了林和眉。林坐在轮椅上，戴着黑黑的墨镜，林很深沉，锁着眉头，一张脸在墨镜的衬托下显得很白。林的话似乎也早就经过深思熟虑了，问一句答一句。

眉一直含笑站在林一旁，林答完了，轮到了眉。

记者是个年轻漂亮的女人，穿着风衣，长发，很文静也很秀气。记者先望一眼眉，似乎还没想好要问些什么，沉吟了半晌，终于问："你是什么时候爱上林的，是林成为英雄以后吗？"

眉不答，仍含着笑立在女记者面前，在林的身旁，眉显得含情脉脉，娇羞满面，我试图在电视里找回眉背着一个男人走在越南丛林里的身影。

女记者又问："你和林准备什么时候结婚？"

眉怔了一下，含笑的脸上也僵了一下，但她很快就答："为了林，很快。"

女记者终于停止了发问，她冲着林和眉深情地说了一声："祝福你们。"

接下来，就是林面对着人山人海的观众做报告的精彩片段。林的报告赢得了观众热烈的掌声和真诚的眼泪，观众被林的事迹感动得呜咽成一片海洋，林几次被这些滔天的呜咽声中断了报告，这时林的墨镜下面也流出了英雄的眼泪，眉及时地从随身的口袋里掏出手帕为林擦去泪水，这时，台下突然响起狂潮般的掌声。

林的报告完了，然后又是眉的报告，眉的报告优美而高尚，她说，她要用一个姑娘纯真的爱伴林度过英雄的一生。台下的人们的泪脸，此时已换成了真诚的祝福，掌声轻松而又欢快。

林成了英雄，眉成了典型。

在那些日子里，我随便翻开一张报纸，打开电视随便哪个电视台，都能看到林和眉形影不离的身影。

我的心空荡荒凉，那些日子，我被报纸上和电视里关于林和眉的消息折磨得坐卧不安。我怀疑自己是不是爱上眉了。我曾试图拒绝让任何关于眉的新闻走进自己的耳朵，可是没能成功，我只坚持了一天，第二天就迫不及待地找来了关于眉的消息，这种反常的举动使我走进了关于眉的迷宫。我太想知道眉的消息了，消息说，眉就要结婚了，林说：“婚礼就定在三月八日，那是一个伟大的节日。”眉泪流不止，她用给林不知揩过多少眼泪的那条手帕擦自己的眼泪。电视的镜头一直对着眉的眼泪，那是幸福的眼泪。后来我一直顽固地认为，那是对眉的命运的暗示。

我得到这个消息后，一夜没睡，那是三月七日晚上的事。我躺在床上，望着窗外繁星点缀的夜空，就想，明天眉就是新娘了，林自然是新郎了。我脑子里只有这种念头，这种念头使我的想法无比单调，我一直单调地想到天明。天明起床以后，我下定决心一定要去参加眉的婚礼。

眉和林的婚礼如期在军区礼堂举行。礼堂外面排了一溜电视台和报社的采访车，军区的司令、政委也参加了，场面空前绝后地浩大，这是我有生以来见过的最辉煌的一次婚礼。彩灯、彩旗悬挂得到处都是，乐曲抒情而又优美，好半晌，我置身在人群中才明白今天是为了眉的婚礼才来的。

好半晌，也许过了一个世纪，我终于看到眉出场了，她穿着漂亮的婚纱，胸前戴着鲜艳夺目的红色纸花，推着林缓缓地走过来，就像电影里的慢镜头。人群先是怔了一下，马上就被一片惊涛骇浪般的掌声淹没了。眉一次次拽起拖地婚纱向掌声鞠躬，满脸绯红，双目顾盼流莹。

婚礼中，我一直在寻找机会走到眉的面前，我希望眉能够看见我，哪怕一句话也不说，望一眼也行。我不小心撞在前面一个小伙子的身上，那个小伙子看我一眼，便冲我笑了，然后很热络地对我说：“嘿，哥们儿，瞧，多有意思，整个儿一个英雄加美人。”我没有笑，也没有说话，只冲小伙子点点头，便又向前挤去。在婚礼即将结束时，我终于寻找到了一个机会，挤到了眉的眼前。我又嗅到了那股熟悉的气味，眉的额上涌上了一层晶莹的细汗，她的面孔仍潮红清秀。眉见到我，愣了一下，很快送给我一个笑。我同时也看见了眉面前的林，林仍然表情严肃，他永远注视着眼前的人们，却永远也看不到。我挤到眉的身旁之后，像人们惯常的那样，说了一声："眉，祝福你。"这时我突然发现眉的眼圈红了一下，这种变化只有我一个人看到了。这时，有一个记者把麦克风送到了眉的面前，眉又恢复了以前的模样，她脸上挂着幸福的笑，面对着记者，面对着所有的人。

人群又把我挤远了，我望着离我远去的眉，真想问一声："眉，你真的幸福吗?"我再也没有寻找到那样的机会。

我再次和眉见面，那是一个多月以后了。那时春天已经来到了这个世界上，杨树已经抽花，柳树也已泛出新绿，风和煦又温柔，黄昏的时候，一切都显得宁静又美好。就在这时，我看见了眉，眉好像比一个月以前瘦了，眼圈有一层淡淡的黑影，她正推着林慢慢地向我走来，我的心一阵狂跳，迎着眉走过去。我们俩还有两步远的样子便停下了，我又看到眉眼底里那层泪光一闪。眉没有说话，我也没有说话。林说："谁?"我说："是我，林。"林听出了我的声音，冲我淡淡地笑了笑，并伸出了右手，我的右手也迎着林伸了过去。林抓住了我的手，林非常有力，我相信，林此时已使出了浑身的力气在握我的手，我感觉到林因用力浑身都在不停地颤抖。我费力地从林的手里抽回自己的手，我发现眉一直在注视着我，我又看一眼林，林用手扳动轮椅的辐条向前滑去，林冷冷地说："你们谈。"

我终于面对眉了，我面对眉却一时不知说什么好。半晌我才望着眉发乌的眼圈说："你最近好像没休息好。"眉眼圈突然红了，她看一眼停在前面不远处的林。林停在那里，头靠在轮椅的后背上，似乎在凝望天空，可惜他什么也不会看到。

我又嗅到了眉那熟悉的气味，可惜那气味里夹杂了些林的成分，我当时这么想。眉突然说："我很累。"突然她向前迈一两步，我准备迎接眉的到来，可眉就在即将扑到我肩头上来的那一瞬，停住了。我看到有几个路人正在看我们。林和眉是新闻人物，全国的人恐怕都认识他们。那时，关于眉和林的新闻报道已不像以前那么如火如荼了，可每次省里市里举行大规模的晚会时，仍少不了林和眉。

从那次在林荫路上和眉邂逅之后，我每天傍晚时都能在林荫路上碰到眉。然后我和眉就坐在排椅上，不说话，相互凝望着。林这时就把轮椅滑到前面的一个地方停下来，他又抬起头去望天空。世界成了他永远的梦想。

第十二章

一

爷爷从疯魔谷里死里逃生回到了那两间木刻楞里，看到了小凤，看到了活蹦乱跳的父亲，他笑了，笑过了又哭了。哭哭笑笑，笑笑哭哭了一个晚上。生与死只差那么一步，爷爷觉得自己从死亡里走了一遭，一夜间，他面对着小凤，面对着父亲，还有为仗义惨死的余钱，什么都想过了，又似乎什么也没有想。只有搂着小凤，拥着父亲时，他才真切地感到生活的实实在在。

刚开始，小凤并没有为爷爷再次出现而悲恸欲绝，余钱的死使她害怕了，她和父亲整日躲在大山坳的两间木刻楞里太寂寞太孤独了。虽然小凤不爱爷爷，可爷爷毕竟是个有血有肉的人，况且做过那么些日子的夫妻，又有了父亲，还有爷爷对她的宽容，这一切使她暂时接纳了爷爷。

父亲那时还不会叫爸爸，爷爷就牵着父亲的手教父亲叫爸爸。小凤就说："他不是你的儿子。"

"谁的?"爷爷松开父亲的手吃惊地望着小凤。

小凤说:"孩子姓周，关你屁事。"

爷爷就笑一笑，不再理会小凤的话，把父亲抱起来，亲了又亲。

小凤就说:"反正孩子不是你的，亲也白亲。"

爷爷说:"那就白亲。"

爷爷更加狂热地亲父亲。如果日子这么太平地过下去，爷爷也会和普通人一样，会有一个如意平凡的家庭，可一切都没按照爷爷的意愿往下发展。

日本人不再搜山了，东北抗日联军一年之间又强大起来，日本人一下子龟缩在城镇里，这一带的日本人都住进了大屯镇，世界似乎一下子平安起来了。父亲那时也一天大似一天，先是会说话，然后又学会走路，后来又会跑了。小凤不再担心父亲活不下去了，随着世道的太平，父亲的长大，小凤思念周少爷的心情愈来愈烈。世界上，最不可理喻的便是女人的痴情，一旦女人认准了的，挖她的心，掏她的肝她也心甘情愿。这就是世上可爱又可怕的女人。

那时的小凤便经常出走，有时十天，有时半月，有时时间长一点儿，一两个月，甚至半年。

爷爷看不住小凤，女人拉泡屎、撒泡尿的工夫说跑就跑了，她先是躲在暗处，观察爷爷的去向，爷爷向东找，她就向西跑。小凤知道爷爷不会追得太远，那时还有父亲在拖着爷爷。

小凤跑了，爷爷的心就空了，空荡得无依无靠，无着无落。爷爷拖着父亲，坐在山梁上等待着小凤，刚开始，父亲小哭小闹，要找妈妈，时间长了，父亲便习惯了。他不再为小凤的出逃哭闹了。于是，在以后的日子里，小凤的出逃更加理直气壮，无所顾忌。

时间长了，爷爷也开始掌握了小凤的规律，跑也是白跑，迟早还得回到他这两间木刻楞里来，回到他和父亲的身边。小凤每次回来，都身心疲惫，她总是要躺在炕上昏睡几天。这时的爷爷，便把小凤的衣服剥光，把父亲留在门外，他把对小凤的思念，把这段时间的孤独、寂寞，一起发泄出去，每每这时小凤就醒了，她看一眼爷爷就说："你这条狗。"

爷爷不理会小凤，他用宽大的胸怀把小凤拥在怀里，整个身体里似长了深深的根须，一点点地长进小凤的身体里，这时爷爷就觉得小凤是一片土地，自己是一棵树了。

接下来的数日里，小凤一句话不说，她坐在炕上一言不发，痴痴呆呆地望着窗外的远方。爷爷也不说什么，他知道小凤在想什么，但爷爷就想不管她想什么，小凤都是自己的人，任他搂任他睡，还给他生孩子。

父亲再大一些的时候，长到能出去要饭了，小凤再出走时，爷爷便也坐不住了。他找出一件粗棉花布包袱，背在身上，一言不发地走出家门。父亲坐在门槛上望着走远的爷爷说："滚吧，滚远点儿，没有你们，我自己也能活。"

在没有爷爷和奶奶的日子里，父亲靠要饭生活。父亲从七岁时便开始要饭，一直到十三岁他遇到了肖大队长，从此才结束了他的要饭生活。

在父亲的记忆里，自己不是靠爷爷和奶奶养大的，是靠自己要饭，吃百家饭长大的。父亲对爷爷和奶奶感情很淡漠，父亲在有仗可打的时间里，很少想到还有父亲和母亲。就是偶尔想起了，也像一缕浮云在父亲的脑海里一闪而过。

父亲抗美援朝回国后，和母亲结婚时，想把小凤接过来，他想到接小凤，并不是一个儿子对母亲的那份情感，而是他觉得爷爷和小凤生活得很可怜，毕竟是她生养自己一回，在没有爷爷那几年，是她拉扯着自己，一个女人在大山坳那两间木刻楞里，曾留着一个短暂又苍白的回忆。父亲去了小凤什么也没说，她在不住地摇头，她不能随我父亲去，她的心里还装着一个没有磨灭的念想，直到那时，她仍在思念着周少爷。

后来，父亲在审视爷爷那段历史时，有些瞧不起爷爷。他瞧不起爷爷，是因为爷爷贪生怕死，从疯魔谷逃出后没有去找部队，而是留在了家里，为了一个女人愁肠百结。父亲觉得爷爷是个胆小鬼。

爷爷一生都是一个农民，在父亲去新疆前，组织曾专门派人去调查爷爷的历史。爷爷的历史很模糊，也有过风光那一段，那就是参加抗联以后短暂的时日里，包括占山为王前，一拳打死日本浪人。可后来，在斗争最艰苦最困难的时候，爷爷离开了抗联，为了求生存苟且偷生，还有爷爷欺男占女，一铁锹打伤周少爷，抢走出身资本家的小凤，这一切构成了爷爷的历史。爷爷那时就是个农民了，他不在乎自己的历史，只注重眼前，可那段历史却清楚地记在了父亲的档案里。父亲到新疆改造，和爷爷那段不光彩的历史不无关系。从此父亲非常痛恨爷爷和小凤。

父亲在新疆的十几年里，没有和爷爷、小凤联系过一次，他要忘掉自己的父母，就像忘掉一段不光彩的经历一样。

爷爷听说父亲去了新疆以后，背着蓝花布包袱去了一趟石河子，他在石河子镇转悠了三天，他已经打听到了父亲所在农场的地址，可他没有去。他也清楚，是自己为父亲抹了黑，即便他去，父亲也不会见他的。爷爷站在石河子镇的街心，遥望着父亲农场所在的方向，默默地望了好久好久，最后爷爷把一串泪水洒在石河子街心，又踏上了寻找小凤的征程。这一切，父亲自然不知道，即便知道，父亲也不会动心的，我想。

风风雨雨，练就了父亲一副铁石心肠，跟随父亲的母亲，到死前，也没有暖开父亲那颗铁石样的心。

父亲随肖大队长走后，木刻楞里只剩下了爷爷和小凤。小凤失去了我父亲，作为一个女人已万念俱灰，这个世界上她再也没有挂念的了，唯一剩下的念想，那就是寻找自己的丈夫周少爷。她一辈子认定自己是周少爷的人，是周少爷明媒正娶的，爷爷抢了她，她委身爷爷那是一种无奈，包括后来生下的我父亲，那都是无奈的结果。

小凤对周少爷的爱情坚定不移，持久不变，这令我深深地感动。

小凤相信自己一定会找到周少爷的，她更频繁地逃离爷爷，踏上了漫漫的寻找丈夫的征程。爷爷也踏上了寻找妻子的路。有时，爷爷和小凤在外面的世界不期而遇，爷爷从不勉强小凤随自己回去。小凤不回去，他就随小凤一直走下去，从这个村到那个村，从这座城市到另一座城市，爷爷和小凤沿街乞讨，有时两人又同舟共济躲过国民党溃退的部队，爷爷一直忠心耿耿地陪小凤走遍了大江南北。最后小凤失望了，随爷爷回到了那两间木刻楞里，小凤面窗而坐，依旧不理爷爷，她在积攒新的希望，寻找周少爷，当那希望又像鼓满风的帆时，便又开始了再一次的寻找。爷爷依旧会披戴整齐，背着蓝花布包袱，紧随小凤身后，离开木刻楞，走向城市，走向乡村。

爷爷看着小凤坚定如铁的信念和至死不渝的决心，有时真恨不能小凤找到旧情人周少爷，哪怕是最后自己离开。可一次次的寻找，都化成了泡影。周少爷及周少爷一家人似乎已经一起从这个世界上消失了。

小凤在希望和失望交织中，也磨炼了自己的耐性和意志，她每次出走，似乎成为了一种习惯，有时那种出走意图变得很模糊了，说不清楚是旅游，还是其他怪癖。

终于在又一次出走时，小凤没有走回那两间木刻楞，而爷爷坚信，小凤迟早都会走回来的，坐在他身边去静静地凝望窗外。

二

表哥为了救我，失去了右臂，对越自卫反击战以后，表哥被评为二等残疾回家了。我被送到一所陆军指挥学院学习了两年，毕业后当了排长。

我当排长后曾回家看过大姨和表哥。大姨真的老了，头发几乎全白了，她见到我，上下打量着我那套新军装，自言自语地说："出息了，真的出息了。"说完泪水就流下了脸颊。我看了一眼站在大姨身后木呆呆的表哥，眼前马上闪现出表哥扑过来把一只手按在地雷上的情景，我的喉头便哽住了，半晌才说："残废的该是我，上学提干的应是表哥。"表哥冲我咧嘴笑了笑，大姨这时擦去泪水，凝望着我说："这都是命，你表哥生下来就注定是这命。"

我无言以对。大姨把我和表哥一起送到了部队，她不希望我和表哥有谁会残废着回来面对她，她希望我们能在部队有个出息。

表哥刚回来那几天，大姨一点儿也看不出因表哥的伤而伤心。

她让表哥戴上那枚三等功勋章，挽着表哥的手一家家地串门，让表哥描述那场战争英雄的经历。大姨便坐在一边，一边听表哥叙说，一边看别人的脸，那一张张脸都充满崇敬和羡慕，大姨看见了这些也就一脸的风光。她拉着表哥从东家走到西家，从南家走到北家，那些日子，人们看到的是大姨无比欣慰自豪的脸。

村里乡里的小学中学请表哥去做报告，每次去大姨也穿戴整齐，就像要出远门那样，随表哥一同前去。当有领导在表哥演讲到高潮处，大声地介绍坐在后面的大姨说，“这位就是英雄的母亲”，大姨就站起身冲所有看她的人微笑点头。

大姨自从跟了大姨父，大半辈子在人前人后都是那么庸庸常常低声下气地生活过来的，是表哥的事迹，给她暮年的生活带来了转机，她在体验着一种从没体验过的感受，她终于在表哥身上体验到了那种扬眉吐气的感受。大姨为了这种感受付出了沉重的代价，这是用表哥的一条手臂换来的。

表哥刚回乡那些日子，每个月都要怀揣残疾军人证书去乡里领回几十元钱的补助费，表哥走在乡里的街上甩着右边空空的袖管，很是威风和自豪，他看到的是满眼的崇敬和羡慕。

表哥的年龄一年大似一年了，又是个残疾人，大姨开始为表哥张罗婚事，终于南村一个姓吴的姑娘愿意嫁给表哥，那时间，正是表哥最风光最得意的日子。表哥把所有的复员费和大姨多年的积蓄，都拿了出来，送给了吴姑娘当聘礼。

表哥订婚了，大姨请人热情洋溢地写了一封信，把这消息告诉了我。我也暗暗地为表哥庆幸，并默默地为表哥准备了一千元钱，当表哥结婚时，当作贺礼送给表哥和吴姑娘。

随着时间的推移，表哥不再风光也不再热闹了，时间会使人们忘记许多东西，时间也会让人们新发现许多东西。表哥在乡邻的眼里只是一个残疾人，每个月吃国家几十元钱救济的残疾人。吴姑娘和许多务实的农村姑娘一样，她想到了将来，她需要的是能做许多农活身体强壮养家糊口的男人，表哥显然不是她理想的男人。吴姑娘开始反悔，和表哥退了亲。

大姨再来信时，并没有把这件事说得过于严重，她只让人轻描淡写地告诉我，退就退了吧，你表哥迟早会找到一个称心的姑娘，强扭的瓜不甜……大姨又说：你表哥这段时间情绪不好，整天一句话不说，经常喝酒，喝醉了就哭，唉……

我的心一颤，我为表哥。可我一点儿也帮不上表哥，表哥是为了我才残废的，残废的该是我呀。我想着表哥，为表哥揪着心，我曾无数次地写信给表哥，让他振作起来，可表哥一个字也没回。

后来我听说表哥杀人了，被判了十年有期徒刑。得到这消息后，我连夜赶了回去。

我看到的是木呆而又苍老的大姨，大姨一见我就哭了。

原来，吴姑娘和表哥退亲后很快就订婚了。表哥喝酒大哭就是那一段时间。表哥已经请人盖好了房子，准备结婚了，可就在这时吴姑娘和表哥退亲了。这样的打击对表哥来说无疑是巨大的。就在姑娘准备结婚的前夜，表哥又喝醉了，喝醉了的表哥夜半便摸到吴姑娘的房间，他用左手举起斧子朝吴姑娘砍去……吴姑娘成了终身残疾。砍完的表哥冲围上来的人呜呜大哭，边哭边说：“这下两清了，她也是废人了，我也是废人了，这回我们般配了……”表哥说完哈哈大笑。

我去表哥劳改的农场看了一次表哥，表哥穿着囚服，神情木讷，他瘦了，老了，还不到三十岁的人，已有变白的头发。我看到眼前的表哥久久说不出一句话，表哥没有看我，他看到了摆在他面前的我给他带来的吃食，他抓过一只烧鸡腿，疯狂地啃起来，因吃得太猛，被噎得直打嗝。我看着眼前的表哥，眼泪忍不住流了下来。往事一幕幕在我眼前闪现出来，表哥带我偷秋，表哥把我扶上牛背，表哥扑向我的脚下，按响了地雷……我在心里狂喊了一声："表哥!"表哥仍在大吃着，吃完了，抓过右边的空袖管抹了一下嘴，冲我说："妈还好吗?"我的心一颤，望着表哥，泪又流了下来。表哥又说："这个世界上就剩下妈一个亲人了，我就惦记着她，她为了我们吃了不少苦，我照顾不成她了，你帮帮我吧。"表哥乞求地望着我，我点点头。表哥出了一口长气，又对我说："以后你别来了，十年，也快。"说完表哥转身走进了那扇灰色的铁门里。

我看着表哥为了结婚准备的新房，新房很漂亮，砖瓦结构，雪白的墙壁上还贴了一幅画，一个胖小子骑在一条鲤鱼背上正冲我笑。我看到这一切，似乎又看到了表哥的心，表哥多么希望自己也能和常人一样，有一个温暖的小家呀。站在我一旁的大姨，不时地用衣袖擦着眼泪。我就想，我欠大姨家的太多太多了。

后来我几次三番地要接走大姨，大姨只是摇头，她一边摇头一边说："我哪儿也不去，这里有你大姨父，有你表姐和表哥，我哪儿也不去!"任我怎么说大姨就是不肯随我走。

以后的日子里，我便经常给大姨寄钱，每年都回去看她。大姨每个月都要看一次表哥，我看到大姨日渐苍老的身体，真担心她说不定什么时候便再也撑不住生活压在她肩上的重轭。她看出了我的心思，便说：“你表哥不出来，我是不会死的，我等你表哥出来，看着他能成个家。”我听大姨这么说，泪水再次流出来。

我真希望我能替表哥去服刑。大姨一日日算计着表哥服刑的时间，大姨一日日挨着寂寞冷清的生活。

三

父亲和姐姐媛朝从新疆回来，是一九八〇年。父亲在新疆接到一纸军委的命令，命令上说，恢复父亲的军籍及去新疆前的职务，并宣布离休，回原军区干休所……

父亲接到那纸命令，便哭了。他像一个孩子，在盼望大人给的允诺，可那允诺并不是自己想象中的那一种，于是失望又伤心地哭了。

送给父亲命令的是柴营长，新疆的风沙和岁月也使他老了，他在送给父亲这纸命令时，自己也接到了一纸命令，这所军改农场撤销了，他被宣布就地转业。柴营长说不出喜悦说不出忧，但他看见父亲的眼泪还是动了动心，哽着声音说：“师长，我知道你的心，可，可……”柴营长一时不知再说些什么好，他望着父亲的泪眼，自己的一双眼睛也潮湿了。

父亲从新疆回来住在军区司令部的干休所里。姐姐媛朝在新疆的时候早就在石河子高中毕业了，恢复高考后，父亲的问题还没有得到解决，也没允许她参加高考。从新疆回来的那一年，她便考上了东北那所著名的医科大学——白求恩医大。

媛朝上学前，我见到了她。姐姐长大了，已经不是我记忆中送给我印有天安门城楼课本的媛朝了。她话语很少，眼神苍老得和她的年龄不相配。她冷静地望着我，就像在望一个陌生人。我也望着她。

媛朝终于说："一切都过去了。"

我说："可不是。"

接下来便再也想不起该说什么。姐姐上学之后的五年时间里，我每一年都能收到她一封报平安的信，那信上一点儿感情色彩也没有，就像一个随便认识的路人，突然给你写来一封莫名其妙的信。在接到媛朝的信时，我就想到了新疆，我不知道那个农场竟有如此巨大的魔法，把媛朝一个天真烂漫的小姑娘，一下子变成了一个冷若冰霜的人。我又感到了时间和距离的无情，她一切都改变了。

五年以后，我又接到姐姐的一封信，告诉我她已经大学毕业了，并和一个加拿大的留学生威尔结婚了，准备近日移居加拿大，并在信的末尾提到了父亲，媛朝说，父亲很可悲，父亲很可怜，他是战争的牺牲品，我走了，你有时间就去看看他吧……

姐姐去了加拿大之后，给我寄来了一张照片，照片是姐姐和威尔的合影，威尔是蓝眼睛高鼻梁的小伙子，姐姐站在威尔的身旁显得有些瘦小，背景是他们的新房，那是一栋二层小楼，楼门口还停着他们的轿车，姐姐凝视着前方，她的眼神依旧苍凉茫然，她望着前方不知看到了什么……我接到姐姐这封来自加拿大多伦多城的信之后，才真切地感到，媛朝已经不存在了，在遥远的异国有一个叫威尔太太的女人，睁着一双苍老又荒凉的眼睛在向远方看着，她在遥望新疆那个荒凉的农场吗？

我接到媛朝的信之后，便回家看父亲。

父亲离休后，独自一人住在六室一厅的房子里，偌大的房子有些空旷，我不知道父亲守着这些空旷的房子在想些什么。

我见了父亲之后，他就问我："不打仗了？"

我说："不打了。"

他叹口气，一副很失落的样子，半晌之后，他又问："真的不打仗了？"

我说："真的不打了。"

后来听说，那场战争打响时，他那时仍在新疆，远在新疆的父亲仍在关注着那场战争，他写过血书要求去前线参战，他让柴营长把血书交给上级。不知柴营长交了，还是没交，没有人理会他的那份咬破中指的血书，他便一边收看着新闻，一边等待着上级的消息，后来，他就等来了离休的命令。

父亲坐在阳台上，望着西天从楼后面飘出的几片晚霞，久久不动一下身子。我望着灰色的天空有些漫不经心。

父亲突然说："我老了吗？"

我望着父亲的侧影，父亲的头发几乎全白了，脸上的皱纹深一层浅一层，干干瘦瘦的身子看上去和他的年龄很不协调，他这个年龄的人应该有一个富态的身子呀。唯有他那双眼睛还显得很有光泽，就像被烧完的一堆柴火，发出最后一缕耀眼的火星，他仍在渴念着什么。

久久，父亲见我不答，就又失望地叹口气道："他们都说我老了，我真的老了吗？"

父亲说完这话时，我看见父亲的眼角凝了一颗泪滴，那泪滴掉在脸上的皱纹里不动了，在晚霞里一闪一闪。

“姜还是老的辣，他们迟早有一天会想到我的。”

我不知父亲指的他们是谁。父亲在没事可干时，便自己和自己下象棋，他的棋下得很慢，走完一步红子，他便移到黑子那一方坐下，久久地想，想好了，再走一步，然后又坐到红的那一方，再想……

父亲仍然关注着新闻，每天的新闻联播国际新闻他必不可少，他就像一架老旧又准时的钟，每天一到新闻联播时间，准时打开电视，电视新闻一过，他就关掉电视，把自己笼在一片黑暗里。接下来的时间里，他就在看一张地图，那张地图磨损得很严重了，图面上还打着褶，他每看那张地图时，一双目光就变得浑浊了，那里面似飘了一层迷天大雾，让人看不清摸不着。

父亲终于病倒了，他突然晕倒在电视机前，是邻居把父亲送到了医院。医生告诉我，父亲是脑溢血，是极度兴奋引起的，我不知道有什么事让他这么兴奋，他这个年纪的人了，还那么沉不住气吗？

我回到家，才发现电视仍没关上，电视此时正在播放新闻联播，正在播放一条国际新闻，国际新闻说，多国部队已向伊拉克出兵了，萨达姆向以色列放“飞毛腿”……我恍然大悟。原来父亲是为了这，父亲是在收看中午新闻时发病的。我关了灯，关了电视，独自坐在黑暗中，望着外面的天空，天空上已有星星在遥远的天边闪烁了。我在心里一遍一遍地念叨着：父亲，父亲……

父亲出院后，便再也站不起来了，突发的脑溢血使他半个身子失去了知觉，五官也挪了位置，但每到新闻联播时，他仍含混不清地让我为他打开电视，父亲便艰难地扭着身子看电视。有一天父亲看完电视突然又唉叹一声，清楚地说：“伊拉克的兵怎么这么不经打。”我吃惊地看他，他的眼里满是失望的神色。

我把父亲有病的消息写信告诉了多伦多的媛朝，媛朝很快地回了信，媛朝仍是那么冷静，她在信中说：父亲很可悲，他是战争的牺牲品，他太可怜了……

我看着媛朝的信一时不知说什么好。

父亲病后，我为他请了一个保姆，那个保姆是个中年丧夫的乡下女人，她很勤快也很能干。她为了挣钱照料父亲的衣食起居。我告诉她，一定在晚上七点时准时打开电视，并让她把父亲此时躺着的方向调整到看电视的最佳位置。她不解地点点头，并且问：“你父亲不累，他一个……”她下半句没有说出来。

我说：“你照我说的做就是了。”

她又点点头。

四

眉和林结婚，轰动一阵之后，慢慢地又变得冷清起来，随着南线战事的冷淡，人们又把目光转移到其他该关注的地方去了。

眉和林依旧在黄昏的时候出来，人们对眉和林已经熟悉得过了头，眉和林在人们的心目中便不再是新闻人物了。以前还有不少男女路过林和眉的身旁时，有意无意地停下脚，用一种异样的目光望着两个人。当人们习惯这两个人以后，便不再对他们侧目了，匆匆地来又匆匆地去，他们有自己许多该干的事情。

每天黄昏的时候，我都在那条甬路上等眉，看到眉推着林慢慢地走来，我的心便狂跳不止。眉最近好似不开心，她的眉宇间笼罩着一层淡淡的哀愁和忧伤。她推着面无表情的林，看见了我，冲我忧伤地笑一笑。林便知道是我了，林似乎很愤怒，眉还没有松开轮椅的把手，林便使出浑身的劲去扳动轮椅的辐条，轮椅朝前愤怒地跑去，一块砖正好卡在轮椅上，车翻了，林被结结实实地摔在了地上。这是我第一次面对林，林的墨镜摔了出去，露出两只空洞无神的假眼。失去双腿的林像一截树桩子滚在地上，林舞着双手，想爬起来，气喘吁吁。眉跑过去，扶住摔倒的林，林挥起拳头，正打在眉的小腹上，林气急败坏地说："谁让你帮忙？"眉的脸一下子就白了，她双手捂着小腹蹲了下去，脸上渗出一串汗珠。林依旧在地上摸索着，他终于摸到了轮椅，他双臂撑着想爬上去，可他每次向前爬一点儿，轮椅就向后退一点儿，轮椅拖着林在地上爬着。我看到林这样心里有些酸，林毕竟是我的战友，一同在越南丛林中战斗过，我奔过去，拦腰抱住林，像抱着一个孩子把林放到了轮椅上。林发现是我，他的一双假眼非常可怕地怒涨起来，满脸憋得通红，冲我吼："滚，你给我滚。"我呆站在林的面前。

"别理他，过一会儿就好了。"眉依旧蹲在那儿小声地对我说。

我走向眉，弯下身想把眉扶起来，就在我俯下身去扶眉的一瞬间，从眉的领口处看到肩胛和半个乳房上都留下青紫的痕迹。眉看到了我疑惑吃惊的目光，忙用双手去掩领口，脸色惨白，嘴唇发颤。眉没有再看我，她低着头，这一瞬间，我看见她的眼里已含了泪。她跑到林的身旁，推起轮椅匆匆地向回走去。林依旧暴怒着，他不停地骂："滚，臭婊子，不要你推。"眉一句话不说，她匆匆地推着林从我身边走过去。

从那次以后，我好长时间没再去那条甬路，我怕面对眉和林。

黄昏的时候，我躺在床上，透过窗口，看到外面的天空一点点地暗下来。我心里空洞又茫然，似乎想了许多，又似乎什么也没有想。

一天，眉突然来到我的房间，她一见到我便扑在我怀里哭了，我愕然地搂紧眉，把她的头抬起来，泪水正如注般流过她的脸颊。半晌她才透过一口气，悲泣道："我不想活了。"我一惊，不知发生了什么事。眉挣脱开我的怀抱，解开外面的长袖衬衫，这时我才发现这么热的天眉居然还穿着厚厚的长袖衬衫，我看见眉的胳膊上都是一些青紫的伤痕。我的心猛地缩了一下，问："是林?"眉又一次扑在我的怀里，我紧紧地搂住眉，我们相拥在我那张窄窄的床上。眉哭泣着诉说林对待她的一切。

结婚不久，林便开始打她，掐她，拧她。林伏在她身上气喘吁吁，边拧边说："我不是个男人，我不是个男人，我不行，你笑话我是不是?"林打她拧她时，她一声不吭，她怕让邻居们听到，她苦苦地央求着林，说："林，你不要这样，我嫁给了你，我不笑话你，什么苦我都能受。"林不听她的，仍打她，掐她，林终于打不动了，便躺在床上大口地喘气，眉也缩在一旁小声地哭。林发泄完了，便死死抱住她，吻着她满脸的泪水，请求她原谅，林一次次地说："是我不对，我是个废人，我太爱你了，我真的爱你呀。"然后林又开始大哭，眉也大哭，眉不敢让自己出声，她每次哭都咬着枕巾，让泪水往肚子里咽。林抱着她，吻她的泪，吻她的伤……直到两个人都平息下来。

眉说：我同情他，毕竟我们相爱过。那时他是个通情达理的小伙，我爱他，他也爱我。他受伤，残废了，他怕我不干和他吹了，央求组织来做我的工作。我没让领导做我的工作，我想，他伤了残了是为祖国，我不能因为他残废了就抛弃他，我答应了他，也答应了领导，林成了英雄，我成了典型。这一切要多浪漫有多浪漫，电视台、报纸纷纷报道。可结了婚，当我独自一个人面对林时，我害怕了，我看着身边躺着的他，就想，这人就是我丈夫了，我得和他生活一生了。从那时起，我才觉得生活并不像想象的那样美好。林好像也看出了我的心思，就说："我挺可怕是吧，我现在已不是人了，只剩下会喘气了，你后悔吗？"我看着林那样恳切，我说："不，我爱你。"林就笑了。刚开始林对我还很好，他怕我累着冻着，有时半夜里我醒来，发现林还睁着双眼。他把双眼冲着我，我知道他看不到我，就用双手摸我，我每次发现林这样时，都忍不住哭泣起来。后来林就变了，他开始变得面目可憎起来，他莫名其妙地发火，打我骂我，他还嫌不够，又用牙咬我。以前的林一下子从我身边消失了。我整日里提心吊胆地和林生活在一起，后来我试着和林分床睡，可我晚上又得照顾他大小便，我每天夜里都要起来好几趟，问他尿不尿，他不答，只是冷笑。我就去扶他，他一把抓住我，抓住我的头发，往床栏上撞，大声地骂："你个臭婊子，和别人睡去吧。"从此以后，我再也不敢贸然走到他的身旁了，我宁可每天洗床单。有天夜里，我听到"咚"的一声，不知发生了什么事，当我清醒过来，发现林已爬到了我的床边，他抓住我，把我拽下床，用身子压住我，我大叫一声，便昏死过去。我醒来的时候，林正在哭，我发现我身下滚了一摊鲜血。我再也受不了了，爬起来，忍着疼穿上衣服，说："咱们离婚吧。"林就大哭起来，他用手打自己的耳光，边打边说："我错了，我再也不这样了。"他这样的话我听得多了，再也不信他的了，我决定和他离婚。林死活不同意，并拿死逼我，林开始不吃饭，只是哭，一边哭一边打自己的耳光。林一连三天没吃饭，我心软了，望着眼前的林，试图找到以前林的影子，我劝说着自己，毕竟以前相爱过，既然嫁给他了，能忍就忍吧。我又答应了他。林这才开始吃饭，可好了没几天，林又开始打我拧我了。我再也受不住了……

眉哭诉这些时，我一直望着她。她说完，擦干了泪水，绝望地望着我说："我该怎么办？"我大脑一片空白，我的眼前是伤痕累累的眉。我一把抱紧她，帮她脱去了那件长袖衬衫，我伏下身去吻眉的伤口，眉战栗着，她闭上了眼睛，泪水再一次顺着她的眼角滚了下来。她用手钩住我的脖子，嘴里喃喃道："让我做一回女人吧，我受够了。"听着她的喃喃声，我战栗了，我又想到了越南丛林，一个弱女子背着我，跌跌撞撞地向前走着走着……我帮眉脱去了身上所有的衣服，我面对着的是一个新伤叠旧伤的胴体，我在那些伤痕里，看到了四处显眼的伤痕，眉的双肘和双膝，我知道那是眉为了救我才留下的伤痕。我扑过去拼命地吻那些伤痕……

我和眉相拥着，我伏在眉耳旁，说："离婚吧，嫁给我。"眉没有动，也没有回答我。我却发现我的臂弯里淌满了眉的泪水，半晌眉才说："等下辈子吧，下辈子我一定先爱上你。"眉说完这话时，我也哭了。

以后，我在那间宿舍里一次次见到眉的时候，又一次次看见了她身上的新伤。我每次要去问眉时，眉似乎早就知道了我的心思，她用嘴堵住了我的嘴，拼命地吻我，她压抑着自己的声音说："别说，什么也别说。"每当我抚着她芳香又满是伤痕的身体时，她都喃喃地说："别说话，我们只在这时才忘掉一切烦恼。"她说完这话时，我的嘴已和她的嘴凝在一起。我们的泪水也同时交融在一起。我们在这种时候，也并没有忘掉烦恼。

那一次，我突然出现在眉的家里，我是来找林的，想和他谈一谈，眉见到我先是一惊，脸马上惨白起来，我冲林说："我想找你谈谈。"

林没说什么，一直冲我冷笑着。我面对着林的冷笑，想好的许多话不知从何说起，我尴尬了半晌终于说："林，你不能那样对待眉，我们都打过仗，你是英雄，我们是凡人。我理解你的苦恼……"我还想说下去，林突然抓过身旁一个茶杯向我砸来。林大喊一声："滚，快滚!"

我从眉家出来，两眼空空，我也想砸点儿什么，我看什么都不顺眼，我想骂人，我想发疯。那一次，我跑到一个小酒馆里，后来喝得酩酊大醉，我不知怎么走回宿舍的，我醒来时，眉正在给我收拾一屋的秽物。眉看了我一眼说："你真傻。"

我不知眉指的是什么。

我和眉在一起的时光里，努力寻找着快乐，可快乐又不知在哪里。

第十三章

一

在一九六六年，也就是那场轰轰烈烈的大革命刚开始不久，那时父亲还没有犯错误，小凤再一次出走。爷爷以为小凤这次出走还会和以前一样，过一段时间就会回来。可是过了一段时间，又过了一段时间，小凤还是没回来。爷爷终于沉不住气了，他又背上那件蓝花布包袱出门去寻找小凤。可外面的世界变了，到处都有一双双警惕的眼睛，没有多久爷爷就被送了回来。爷爷放心不下小凤，过了一段时间他又出去了，结果还是被那些警惕的人送了回来。爷爷最后一回出走，来到了一座城市，他看到了一个打斗的场面。双方各占了一座楼，中间有一座尚未完工的新楼，爷爷在那座新楼里过夜，半夜时分，两边楼打起来了，枪弹不停地从爷爷头顶飞过，爷爷抬来两块预制板，把自己夹在中间，他看着头顶如蝗虫飞过的流弹。两个楼打了三天三夜，爷爷在预制板里躲了三天三夜。他清晰地看到血从两座楼上流下来，染红了楼房，染得半边天也血红，傍晚时分，爷爷从那座城市里逃回来，以后再也不去找小凤了。他又坐在房后的山坡上，向远方痴痴地遥望。一天又一天，一年又一年，爷爷等待着小凤，小凤始终没有回来。

晚上爷爷一闭上眼睛便开始做梦，他梦见的都是血淋淋的场面。他梦见了周大牙，周大牙少了半颗头，血肉模糊地出现在他面前，举着枪向他要儿子。爷爷一激灵醒了。他浑身已被噩梦惊出的汗水湿透了，他张大嘴巴喘息了片刻。他刚闭上眼睛，口吐鲜血的日本浪人挣扎着从地上爬起来，哈哈大笑着向他扑来，日本浪人的鲜血溅了他一身。爷爷大叫一声，从惊悸中醒来，他再也不敢睡去了，他拥着被子坐在黑暗里，浑身颤抖，脸色苍白。

从那以后，爷爷只要一闭上眼睛，不管是睡着还是醒着，眼前都出现一个个血淋淋的场面，每个血淋淋的场面都是那些死去的人，那里有福财、大发、余钱……他们血淋淋地向爷爷走来，他们哭喊着，叫着爷爷的名字。爷爷睁开眼睛，便大哭不止。在夜深人静的夜晚，住在远处屯子里的人们经常会听到爷爷瘆人的哭声。爷爷哭一阵又笑一阵，笑一阵再哭一阵，哭哭笑笑就到了天亮。

爷爷开始害怕黑夜，害怕那些曾经熟悉的一个个死去的人。

爷爷开始烧香，烧纸，在他的屋里摆满了那些死去的人的灵位，每个人的面前，他都要插上一炷香。他长时间地跪在那些灵位面前，神情戚然又虔诚，他合掌磕头，嘴里不停地叨叨着："大兄弟，对不起你哩，对不住你哩——"爷爷周身香火缭绕，笼罩在一派神秘的气氛之中。

爷爷不停地烧香，磕头。做完这些，爷爷还不时地走进深山，来到疯魔谷那片墓地旁，长时间地守望着这些墓地，一坐就是一整天。那些死去的弟兄都是他亲手埋葬的，到现在他还叫得出每个墓里人的名字，他每个墓前都要坐一会儿，小声小气地和墓里的人说上一会儿话。他说："大兄弟呀，有啥话就对大哥说说吧。大哥来看你了，大哥在想念你哩……"这么说着，泪水就流了出来。爷爷虔诚地守望着这些墓。天黑下来的时候，他才蹒跚地往回走。

自从烧香磕头，供起灵位，爷爷很少再做那些血淋淋的梦了。他再做梦时，依旧会梦见那些曾经活着的人，拥着他向一片旷野里走去。那片旷野里生满了花草树木，有鸟儿在天空中歌唱，那是一片圣洁无比的旷野。爷爷觉得这片旷野似曾相识，好像在哪里见过，可他一时又想不起来，弟兄们依旧像以前一样拥戴他，一步步向那旷野深处走去。

爷爷再一次醒来的时候，免不了痴痴呆呆地想一想，他觉得自己依旧在梦里，模糊中望见了那些灵位，他觉得那些死去的弟兄真的又活过来，从灵位上走下来，冲他笑着，喊着他。爷爷呜咽一声，跪下了，他面对着那些灵位，喊了一声："兄弟呀，等等我吧——"

在爷爷最后那段时光里，神志已不是非常清楚，他已走火入魔。他人活着，灵魂已走向了另一个天国。

有一天，爷爷突然想起了小凤，爷爷惊诧自己已经好久没想到小凤了。他想起了小凤，就想起了和小凤以前的日子。爷爷举起了左手，他又看到被小凤咬去半截的手指，爷爷望着那半截手指，满眼里充满了柔情蜜意，他真希望小凤再一次出现，把他的手指一个个都咬下去。小凤一次又一次出走，他一次又一次寻找，遥远的往事，恍若就是昨天发生的，离他那么近，他想起来，又是那么亲切。

那一晚，他终于梦见了小凤，小凤像以前一样冷漠地坐在炕上，白着脸，神情戚然又专注地透过窗子望着远方。小凤不和他说话，爷爷想起来，小凤和他在一起的日子里，和他说过的话他都能数得清。小凤披红戴绿地钻到了一顶轿子里，福财、大发、余钱他们抬着小凤，吹吹打打地向他走来，他发现自己很年轻，他等着那顶轿子慢慢地向自己走来，他要掀开轿帘，把小凤抱下来。他等呀等呀，可轿子一直走不到自己的身边来。他看到了周少爷，周少爷向轿子走去。周少爷掀开轿帘把小凤抱了下去。他一急，奔过去，可是怎么跑也跑不到小凤的身边去。他一急就喊，喊完了，也醒了。醒后的爷爷再也睡不着了，他痴痴迷迷地坐在黑夜里，似乎想了很多，又似乎什么也没想。最后他终于明白了，小凤是不属于自己的，她属于周少爷。这么多年了，风里雨里，他在寻找着小凤，小凤在寻找着周少爷。他顿悟，他有罪呀，他扼杀了小凤，扼杀了周少爷……他又一次跪下了，老泪纵横。他呜咽着喊了一声："小凤——"从此，爷爷在心里与小凤永诀了。他再也不想小凤了，他想得更多的是那些死去的兄弟们。

他面对着一个个灵位，虔诚地烧香磕头，走向疯魔谷墓地，絮絮叨叨地和那些兄弟们说一些从前的话题。

那一年冬天，雪下得特别的大，封了山村的路。

爷爷死了，死在疯魔谷墓地，他背着蓝花布包袱，绕着墓地走了一圈又一圈，墓地周围的雪地上被爷爷踩出一条光洁的雪路，最后爷爷就伏在一个坟头前，似乎睡去了，便再也没有醒来。

直到过年的时候，屯子里的人们来给爷爷送粮食，才看见爷爷屋子里已没有一丝热气了，冷冰冰的，屋里炕上地上落满了一层香灰。最后人们在疯魔谷墓地找到了爷爷，人们唏嘘了一阵之后，便把爷爷葬在了那片墓地的中央，人们知道爷爷是死去的这些人的大哥。

又一年的冬天，我站在了爷爷的坟前，看着爷爷的坟，还有那一片坟地，我久久不语，默默站立着。爷爷死了，连同他过去所有的一切，一同被人们埋掉了。

爷爷又拥有了他的世界，他有这些兄弟们拥戴他，爷爷该安息了，我站在爷爷的坟前这么想。

二

娟在父亲去新疆以前，一直是父亲的保健护士。娟在父亲去新疆以前一直没有结婚，可娟有了一个孩子。这件事在军区闹得沸沸扬扬。父亲去了新疆以后，娟便转业了，安置到一家工厂医务室。

后来娟也一直没有结婚，她带着那个没有父亲的孩子。有人说那个孩子是我父亲的，也有人说娟曾和一个参谋谈恋爱，已经达到快结婚的程度，后来又吹了，那个参谋忍受不了失恋的痛苦转业了。

有一次我回家去看躺在床上的父亲，见到了一个五十来岁的女人坐在父亲的床头，她怀抱着父亲的头，父亲安静地躺在她怀里。她两眼红肿着，显然是刚刚哭过，正用一块洁净的手帕为父亲擦拭流到嘴角的涎水。我推门走进父亲的房间时，她抬头看了我一眼，我的眼前亮了一下。我退出房门，又把门轻轻带上。我觉得眼前的女人太熟悉了，可一时又想不起在哪里见过。从那时起我就断定，这个女人和我曾经有过千丝万缕的联系。可我怎么也想不出曾和她有过什么联系，我一直苦思冥想，也没有想出个结果。

从那以后，我经常看见她出入父亲的房间，她为父亲擦洗，为父亲煎药，中午阳光充足的时候，她把父亲挪到阳台的椅子里，她扶着父亲，让父亲看着窗外的风景，这时阳光很温暖地照在两个人的身上。有时我望着两个人，就想，她站的位置应该是我母亲的啊。我望着母亲的骨灰盒，骨灰盒上有母亲的照片，母亲正无忧无虑地望着眼前的我，我在母亲的注视下一阵脸红、一阵心跳、一阵惭愧。

终于，有一次我再也忍不住了，我手捧母亲的骨灰盒一步步向父亲房间走去，我知道此时她正像母亲一样地照料着父亲。我一步步走过去，推开房门，她从阳台上转过身，看到了我，冲我很友好很温和地笑了笑，她扶着父亲一起面冲着我。她轻声地对父亲说："他就是那个孩子吧？"父亲含混地应了一声。我不知道她说的那个孩子指的是哪一个孩子。我又迎着父亲和她向前走了两步，她很快地看了一眼我怀里母亲的骨灰盒，然后把目光移开了，望着我的脸，依然那么温柔地笑着，轻轻地对我又似对父亲说："都长这么大了，一晃，真快。"我看见父亲一直望着我怀里的骨灰盒，我看见父亲原本扭曲的脸愈加扭曲，我还看见父亲那双因愤怒而变得不可思议的目光。她似察觉了什么，把父亲调整了一个方向，把背冲向我，我一时尴尬在那里，望着两个人的背影，一时不知如何是好。不知过了多长时间，我逃也似的离开了父亲的房间，把自己关在房间里，望着母亲的骨灰盒大哭了起来。

我开始恨她了，恨她抢占了母亲的位置，可她在父亲身边无时不在。父亲在她的照料下，灰色的脸孔竟奇迹般地泛出了少有的红晕。我相信这是一个奇迹。我恨她，却又束手无策，只能默默地面对着眼前这一切。

那段时间，我夜不能寐，苦苦地思索着，后来我想到了娟，想到曾爱过父亲又接生过我的那个娟，想到这儿我周身的血液似乎凝固了。我问自己，难道娟这么多年一直在等待着父亲，爱着父亲？太不可思议了。我知道娟离开部队，一半是因为我父亲的离去，另一半是娟的私生子，让她无法再在部队待下去了。娟离开了部队，转业去了工厂。

为了验证她到底是不是娟，我又一次见到她迎着她走过去。她依然那么温和地望着我，我就说："你是娟？"她的神情好似早就料到我会这么问了，冲我平静地点点头。我终于验证了我的想法，我转身就跑。我听到娟在轻声地感叹一句："这孩子……"

我知道她是娟以后，心里好受了一些，毕竟娟曾爱过我的父亲，我不知道父亲是否爱过娟，或者现在在爱着娟。看父亲那神情，已经接纳了娟，父亲终于在垂危之年有了一个寄托，有了一个依靠，我为父亲松了一口气。

在我心里确认娟以后，我能正视娟在父亲身边的存在了。

一天，家里来了一位客人，那位客人差不多也快有七十岁的样子了。七十岁的人仍穿着西装，系着领带，步子有些蹒跚，花白的头发梳得很整齐。他见到我的时候，就说出了父亲的名字，我点点头，他又说："和你父亲年轻时一样。"我想来人一定是父亲的老相识，来看父亲，我带着来人到了父亲的房间。

那人一见到父亲，先是怔了一下，"咚"的一声扔掉了手里的皮箱，脚步踉跄了一下，想向前扑，但马上又止住了，他一下子蹲在父亲的床头，颤声地叫了一声："师长——"泪水便流下脸颊。

父亲听到喊声，眼珠动了一下。我把父亲扶起来，父亲眨眨眼，含混地说："你是谁?"那人呜咽一声，一把抓住我父亲那只不听支配的手，哽咽地说："我是马团长呀。"父亲怔住了，他大张着口，眼珠一动不动，愣愣地看着眼前的人。马团长又说："师长，你忘了，平岗山一一一号高地，我带着一个营。"父亲的身子猛地颤抖了一下，喉咙里悲咽一声，一头扑在马团长的怀里，鼻涕眼泪像孩子似的哭了起来。这是我第一次见到父亲这样哭。

马团长后来诉说了那段经历——

马团长带着一个营进入了一一一号高地，高地上静悄悄的，一个人也没有。他带着一个营一点点地向山头爬去，一边爬一边疑惑，难道这么重要的高地，美国人就轻易放弃吗?他不相信美国人会这么的无知。他一边通过步话机向指挥所里的父亲汇报着情况，一边思索着。一个营的人慢慢地向山头靠拢着，这时他嗅到了一股异味，一股说不清的异味，他看见爬在前面的士兵，一个个都倒下了，倒下得无声无息，他的大脑也失去了意识，晕了过去，在他晕过去的那一瞬间他也不清楚一个营的人遭到了什么不幸。

他和一个营的士兵醒来后，已经成了美国人的俘虏，他们被关在一个秘密的地方。后来他才知道，这是美国人搞的一次细菌试验，一一一号高地洒满了这样的细菌，他们钻进了细菌的圈套，美国人反攻时，他们便成了俘虏。后来美国人把他们带到了美国，继续在他们身上搞试验。

在一九五二年一月十三日，我军俘虏了美国空军中尉奎恩和伊纳克，两个人交代了他们搞的细菌战争。国防公众团体、科学团体经过考察证明了美国人这一不光彩的做法。担心引起国际公愤，美国人停止了这一事件，后来马团长和那一个营的幸存者被放出来，但一直受到美国人的监控。

这么多年了，人们似乎忘记了那场战争，马团长辗转几次，才从美国转到日本，又到香港，最后才回到了大陆，他一下飞机就来找我的父亲。

悬在父亲心头几十年的疑团终于解开了，他承认平岗山战役是自己指挥上的一个大失误。

父亲和马团长两个人相视无言，最后他们一起看到了母亲的骨灰盒，两个老人两对泪眼一起瞅定那个骨灰盒，他们想说的话太多了，可他们又一句也说不出来，只是不停地流泪。两个老人，马团长扶着父亲就那么呆定地坐着，天色晚了，两个老人仍一动不动，房间里只留下两个老人和永远凝望他们的母亲。

三

我和眉又一次在一起时，我脱光她所有的衣服，去查看她双肘双膝上的那些痕迹。随着岁月的流逝，疤痕也消失了。留在眉身上的是林留下的新鲜的伤痕，我失去了那些疤痕时，茫然不知所措，去望眉的双眼时，眉紧紧地闭着，泪水从眼角悄然流出。我坐在眉的身旁，望着眉，眉一动不动，似乎已经死去了。我伏下身吻眉的伤痕时，她浑身似过了电一样在颤抖，我也在颤抖。我们就赤身裸体地相拥在一起，闭上眼睛。我们俩似乎到了另一世界，久久才清醒过来，半晌眉终于说：“过去了，都过去了。”

我看见眉的眼睛里又流出了泪水，我呻吟似的说：“是啊，都过去了。”

“像一场梦。”眉又说。

“是像梦。”我说。

接下来我们无言，又一次紧紧地拥在一起，我能听到我们汗湿的肉体黏在一起发出“吱吱啦啦”的声音。我又去吻眉，吻她的全身，当我吻到她的膝盖时，停住了。我所熟悉的疤痕没有了，我浑身一下子变得冰冷。我抬头去看眉，眉正睁大眼睛看我，我呻吟般地说：“什么也没有了。”我哭了，泪水一滴又一滴地滴在她那双曾经有过的疤痕的膝盖上。

眉说：“我们再来一次。”我把身子伏向眉，眉没有了那些疤痕，我不行了。我绝望地看着眉，摇摇头，从眉的身上滚下来。眉侧过身子拥着我，后来她一次次地吻我，吻我身上所有的一切，眉每吻一处，都流下一滴冰冷的泪水。

我说：“让我们死吧。”

眉咬紧嘴唇用那双泪眼看我。

我和眉又去了一次那家独特的孤儿院，我和眉都弄不明白那家独特的孤儿院为什么叫“育华”。我们来到了育华孤儿院，那里很整洁也很清静。我们去时，正是一个星期天，那里所有的孩子都在，他们已经上小学了。有几个男孩在操场上追一只黑白相间的足球，有一个小姑娘坐在树荫下的石凳上写作业。我和眉走过去，小姑娘抬起头，专注好奇地打量着我和眉。我发现小姑娘有一双黑黑的眼睛，很漂亮。小姑娘望着我和眉走近她，放下书本站起来，很有礼貌地说：“叔叔阿姨好。”我让小姑娘坐下，我们坐在小姑娘对面的草地上。

我们说："你叫什么名字？"

她说："我叫小红。"

我们说："小红，你知道你的爸爸妈妈叫什么吗？"

小红的眼睛在我们面前闪了闪说："我爸爸妈妈都死了。我们这里的小朋友的爸爸妈妈都死了。"

"谁告诉你们的？"我和眉对视一眼。

"照看我们的阿姨说的，你们说是吗？"小红天真地望着我们。

我和眉望着眼前叫小红的女孩，一时不知如何回答。我不明白育华孤儿院的人为什么要这么骗这些孩子，那他们长大了呢？迟早有一天他们会知道的。他们长大了，明白这一切之后，又会怎么想呢？眉从兜里掏出一些巧克力送给小红，小红甜甜地冲眉和我说："谢谢阿姨，谢谢叔叔。"

"多聪明的孩子。"眉伸出手拢了一下小红的头发，我看见眉的眼圈红了。我忙拉走了眉，我怕她在孩子面前哭出声来，怎么向孩子解释。

我们的身后传来小红甜甜的声音："再见，叔叔阿姨。"

我回过头冲小红挥了挥手。眉的泪水已经流了出来。

走出育华，一个年纪和眉差不多的女人伏在一棵树后正眼泪汪汪地望着眉，我们想从她身边走过去，她突然说："对不起，等一会儿好吗？"

我和眉都止住了脚。

女人擦了一下眼睛，走过来，冲眉说："对不起，冒昧问一下，那里面有你的孩子吗？”

眉没点头也没摇头，我们俩望着眼前的女人。

“也有你的吗？”眉这么问了一句。

她的眼圈又红了，她点了点头，突然蹲下身用手绢捂住自己的嘴。我和眉一下子和她的距离近了很多，也蹲下身。

那个女人叫晔，她几乎每个星期都要来这里一次，远远地看一会儿，她只知道自己生的是个女孩。她想，自己的孩子一定就在这里，可她不知道哪一个是，她只能远远地看着。

我说：“去查一下，也许能查出来，把她领回家不是更好吗？”

她摇摇头，告诉我，她还没有结婚，知道她情况的人里，没有一个愿意娶她。

“以后你打算怎么办？”眉问晔。

晔摇摇头说：“我也不知道。”

说完我们立起身，我们三个不约而同地走进育华对面的一家咖啡馆里坐下来，晔坐在我们对面。我们隔着茶色窗子望着育华院里进进出出的小孩们，我们谁也不说一句话，只是默默地坐着。

这时有一首轻柔的歌曲从墙壁上的音箱里飘过来，歌中唱道：

让我们伸开臂膀

再爱一次

让我们敞开胸膛

再爱一次

让我们全身心投入

再爱一次

……

我们三个人听着这轻曼温柔的歌声都哭了，一对对情侣从不同角度探出头投过来疑惑的目光。

第十四章

一

林死了。林死的消息是眉告诉我的。

林是从阳台上摔下去才死的。

眉说，林自己去阳台上拿晾洗的衣服，他够不到，便抓住阳台的护栏，整个身子便翻了上去。眉赶过去时已经晚了。林翻到阳台上时，还冲眉笑了一下，然后就松开了双手……

眉还说，那几天林对她特别好，林已经有很长时间不再打她了。林一句话也不说，只是用手抚摸她的身体。林摸着摸着就哭了，然后紧紧抱住眉，说他拖累了她……

民政局为林开了一个追悼会，追悼会很隆重，市里的不少领导都去了，还有部队领导。悼词是军区一位领导写的，悼词上写了林光辉的一生，我听着那些悼词，恍若是很遥远很遥远的事情了。

眉臂戴黑纱，一直在哭，不知她听没听到那些悼词，我没问她，她也没说。

参加追悼会的人都哭了，音乐响起的时候，首先是眉尖厉地哭了一声，接着在场的人们都哭了。

追悼会后，林被火化了。

眉捧着骨灰盒，我陪她一直走回家里。眉把骨灰盒放在茶几上，我和眉就呆呆地看着装在那个黑盒里的林。

“他真可怜。”眉平静地说。

“那你呢？”我问，我又想起了眉身上那一片片青紫色的伤痕。

“我们都可怜。”眉说。

夜半时，我和眉躺在床上。我帮她脱去衣服，不知什么时候，眉身上的伤痕早就不见了，呈现在我面前的是眉光洁无比的身子。我拥着眉，眉靠在我怀里。朦胧的月光中，我们一起望着放在茶几上的林。林是一个英武年轻的小伙子，正睁着他那双炯炯有神的眼睛在看我和眉，脸上还挂着青春朝气的笑。

那一晚，我和眉什么也没做，只是相拥在一起，一直静静地望着林，一直到天亮。我和眉什么也没有做不是因为林的存在，其实林和眉只是名义上的夫妻，我和眉才是真正的夫妻。我们在丛林里便已经相爱了，我们心底都承认，我们才是。

一天，眉突然对我说：“去看我妈吧。”

我这才想起，我还一次没有见过眉的母亲呢！我知道眉没有父亲，眉的母亲把眉拉扯大不容易，我又想起了大姨，想起了母亲。

我们出现在眉的母亲面前时，我惊呆了。我的眼前是娟，娟也愕然地望着我。

我颤抖地说了一声：“我父亲……”便逃也似的跑出了眉的家。

我躺在我的小屋里，三天三夜没有起床，睁眼闭眼，都是娟和眉的影子。我似乎又嗅到了那股熟悉的气味，这时我才明白，原来那种气味是娟和眉共同拥有的。

在那三天三夜中，我想到了死，我想到了爷爷、奶奶和父亲，还有可怜的母亲。

世界上的事怎么这么巧啊，怎么让我碰上了，难道这是报应？我太不情愿相信眼前的事实了。我又想起关于娟的传闻，娟也和一个参谋谈过恋爱，不知为什么，娟和那个参谋吹了，后来那个参谋便转业了。我情愿相信眉是娟和那个参谋的孩子。我想眉会来向我解释。

我天天昏昏惶惶地等着眉出现在我的小屋里，可眉一直没有出现。我应验了自己的预感，我仿佛掉进了深渊，那深渊深不见底，我整个身子一直向下坠着。

二

眉终于来了。她出现在我的面前什么也没和我解释。她说，她要去澳大利亚了。手续已经办好了，机票也订好了。

我等着眉的解释，可眉没有解释，她只告诉我，她要出国了。眉的样子很平静。

眉出国了，是我到机场为她送的行。我想，她也许会在上飞机之前告诉我事情的真相，结果什么也没有。她走进机舱的一刹那，转回身冲我挥了挥手，我看见她的眼里有晶亮的东西一闪……

我望着腾空的飞机就想，也许眉到了澳大利亚会来信告诉我我想知道的一切吧，我一直在等眉的来信，眉的信一直也没有来，我天天在等着眉的消息……

三

眉走后，我心乱如麻。

我又去了几次育华，我去看那些天真烂漫的孩子。我每次去，都能碰到晔，她伏在树后远远地看着那些孩子。

每次碰到晔，我们俩都要到那间咖啡厅里坐一坐。刚开始，我们谁也不说话，后来我说，说那场战争，说那场战争那些人，说育华里那些妈妈们，现在在何方，在干什么。晔一直默默地听，不时地掏出手绢擦眼泪。

后来晔说，这么多孩子，不知哪一个是她的，当初让人抱走那孩子她有些后悔了……她边说边擦眼泪。

这时歌声又起，依然是那首歌——

让我们伸开臂膀
再爱一次
让我们敞开胸膛
再爱一次
让我们全身心投入
再爱一次
……

歌声响着，我和晔都泪眼蒙眬。

在歌声里我说："我们结婚吧。"

晔抬起头望着我，先是吃惊，后来泪水滂沱，久久，她擦干泪水说："嗯。"但她又说："你想要孩子吗？"

我说："想，想生一个和我们一样的。"

她用泪眼望着我，神情激动而又苍茫。

我又说："我希望我们的孩子二十年后又是一条好汉。"

晔站了起来，扑到我的怀里。

我和晔顺其自然地结婚了，结婚后的我们一下子平静了下来，所有的困惑和茫然一下子烟消云散了。

"我们有一个家了，真好！"晔经常这么喃喃着说。

我说："以后我们还会有孩子的。"

不久，晔真的怀孕了，又是没多久，晔像一个将军似的走路了。她的样子很骄傲，微笑着面对我，面对这崭新的生活。

夜晚，我们躺在床上经常议论未来的孩子是男还是女。每当提到这个话题时，我都会说："不管是男是女，二十年后，他（她）都会是条好汉。"

晔就笑，很幸福的样子。

再过一些时日，晔终于生了。

当护士把晔连同婴儿推出来时，她抓住了我的手，很骄傲地冲我说："是个男孩。"我冲她笑了笑。

在以后的日子里，我经常伏在床前痴迷地看着好汉，现在我们的儿子已经有名字了，他就叫好汉。我一遍遍不厌其烦地望着在睡梦中正在长大的好汉，心里一遍遍地说：“好汉，快快长吧，二十年后你也准会是个英雄。”

图书在版编目(CIP)数据

男人没有故乡 / 石钟山著. -- 北京 : 中国文史出版社, 2023.3

(中国专业作家作品典藏文库. 石钟山卷)

ISBN 978-7-5205-3737-7

Ⅰ. ①男… Ⅱ. ①石… Ⅲ. ①长篇小说-中国-当代 Ⅳ. ①I247.5

中国版本图书馆 CIP 数据核字(2022)第 176188 号

责任编辑：薛未未

出版发行：**中国文史出版社**

社　　址：北京市海淀区西八里庄路 69 号院　邮编：100142

电　　话：010-81136606　81136602　81136603（发行部）

传　　真：010-81136655

印　　装：北京新华印刷有限公司

经　　销：全国新华书店

开　　本：720×1020　1/16

印　　张：14.75　　字数：164 千字

版　　次：2023 年 3 月第 1 版

印　　次：2023 年 3 月第 1 次印刷

定　　价：55.00 元